万里无云

李锐 著

重庆出版集团 重庆出版社

图书在版编目（CIP）数据

万里无云 / 李锐 著. —重庆：重庆出版社，2013.2
（大地之魂）

ISBN 978-7-229-06327-6

Ⅰ. ①万… Ⅱ. ①李… Ⅲ. ①长篇小说—中国—当代
Ⅳ. ①I247.5

中国版本图书馆CIP数据核字（2013）第034492号

万里无云
WANLIWUYUN
李锐 著

出 版 人：罗小卫
策　　划：华章同人
出版监制：陈建军
主　　编：施战军
责任编辑：张好好　黄卫平
特约编辑：袁　强
责任印制：杨　宁
营销编辑：张　颖
封面绘画：车前子
装帧设计：主语设计

重庆出版集团
重庆出版社　出版
（重庆长江二路205号）

投稿邮箱：bjhztr@vip.163.com
三河九洲财鑫印刷有限公司　印刷
重庆出版集团图书发行有限公司　发行
邮购电话：010-85869375/76/77转810
重庆出版社天猫旗舰店
cqcbs.tmall.com
全国新华书店经销

开本：787mm×1092mm　1/16　印张：13.75　字数：150千
2013年4月第1版　2013年4月第1次印刷
定价：28.00元

如有印装质量问题，请致电023-68706683

序

“大地之魂”书系，集合了堪称当今文坛最为优秀的男作家的代表性作品。他们大都是乡村经验的记述者，即便以城市为生活背景，也不时隐约透出乡土的根脉。

现代时期中国的“大地之魂”，首推鲁迅。1928年，台静农把自己起名叫《螔蛄》的第一部小说集书稿送给鲁迅审读，出版时听从鲁迅的建议，把书名改为《地之子》。这一改，朴实依然留存，但是质地变得阔大深厚。“在争写着恋爱的悲欢，都会的明暗的那时候”而有人仍将“乡间的死生，泥土的气息”移到纸上——鲁迅的评语几乎涵盖了所有“地之子”写作的气场。

家园生态、时运流变、身世遭逢、民族性格……承载着一切，依地而生的人，在其中存活，在其中困惑，也在其上立身，更在其上行路。

那些不朽的文字，由鲁迅、台静农们，写作在城中，扎根在地底，敏感多汁、壮硕坚韧的枝干伸向浩茫人间和风云天际。

“他终于还是一个‘人之子’”，鲁迅在1924年底谈到既为

“神之子”又是“人之子”的耶稣。我们不妨这样揣摩：平凡的“人之子”，都是立“根”于地，缘于父母所生亲情所系的生命；又因为秉持“信”，既亲和家常又超拔不渝。我们不一定非要将这看成鲁迅的自况，但是我们完全可以依此想象鲁迅。

有“根”，才称得上“地之子”；有“信”，才称得上“人之子”。“根”“信”兼备，才配得上“大地之魂”。

这样说来，读者方家也不一定把每一部小说看成“地之子”并“人之子”的赓续、创新之作，但是，诸君尽可以从中各自寻绎“地”之大者、“魂”之立者。

《人民文学》主编、著名评论家 施战军

二〇一二年初冬于北京

目录

第一章

一

荷花

院子里就剩下我和这棵树。

我把红线换成绿线，一个兜兜绣了三天了，还是绣不完，三朵花，五片叶，两条鱼，花是荷花，鱼是金鱼。也不知道使恁大的劲要干啥，隔这么老远都能听见，响器吹打得能把庙顶子掀起来。窑里、院里跑得一个人也不剩，都跑到庙里看红火去了。猪吃饱了，鸡也吃饱了，院子里就剩下我和这棵树。天太旱，旱得它太难受，旱得李子从树上一颗一颗往下掉，脚底下滚了一片绿珠子。

他就走过来了，他站在院前的街上看见我了，他说，荷花，吃饭了么？

我把绿线放回笸箩里，我说，吃了。

他说，这是做啥活？

我说，给孙子缝个兜兜。

他说，哦。

我说，你有啥事？

他说，没事，啥事也没有。学生们都叫我给放假了，还能有啥事呀我。

我说，哦，闲跑哩。

他点点头，他说，是哩，闲跑跑。他说，你这是绣啥花呀你？

我说，荷花。三朵花，五片叶。两条鱼，是金鱼。

他说，哦。金鱼。

我说，荷花我也没见过，金鱼我也没见过。

他说，哦。

我说，就照着心里想的瞎胡绣呗。

他说，哦。

我说，说是要闹九天呢，说是头三天吹啥“毛毛雨”，中间三天吹啥“一条大河”，最后三天要让县剧团来给唱“水漫金山”，说闹够九天，把水攒够喽，龙王爷就给下雨呀。你说能下么你说。

又有两颗青李子落下来，叭嗒，叭嗒。天太旱，旱得它太难受。他看看李子，看看我，又看看天，他说，咳，他们不知道，其实，毛主席写过两句诗，比咱们想要的水都多，毛主席说，“大雨落幽燕，白浪滔天”。你听听，这得有多少水呀。

又有颗李子落下来，砸在荷花上。他又说这些有学问的话了。他动不动就爱说这些有学问的话，说了几十年说了一辈子也没说够。我说，是哩，水真多。我说，你看我这兜兜上也都是水，又是鱼，又是荷花，没有水咋活呀你说。都两年啦，老天爷也不说给下个雨，没有水咋活呀你说。没有水上哪找收成呀你说。你看看这树给旱得有多难受呀。

他又看看我，又看看树，又看看天，他说，我走呀。

我说，闲跑去呀。

他说，闲跑。他们在学校里办事，没法上课，我把学生们都放了假，放九天假，九天啥事情也没有。

我说，你不留在庙里看红火？

他转过身去，他说，看了，太吵人，吵得我在学校连觉也睡不成。睡不成觉也没啥事情，放九天假啥事情也没有。

坐在这棵李子树底下就能听见，也不知道使恁大的劲要干啥，这伙吹响器的道士劲真大，大得要把日头揪下来当锣敲呢，十里八乡的人都围在庙里，每户人家都按人头交了钱，说几十年也没有祈过雨了，现在地都分给个人了，祈雨都是给自己祈的，这一回要好好闹一回。娃娃们都不上学了，都放了假跟着大人们乱，都在庙里综着看红火，嗷嗷地乱叫，隔这么远也能听见。荞麦在庙里，爸在庙里，牛娃也在庙里，都在庙里。就是把他从庙里给吵出来了，吵得他连觉也睡不成了他。吵得他啥事情也做不成了他。他转过身去，我就看见他满头的花白头发。

那天我坐在院里的碾盘上绣鞋垫。鞋垫剪得爸也不能用，荞麦也不能用，我就照着心里想的尺寸瞎胡剪了一个。满村子的人都说他要来。都说他要来了，我就赶着绣，一连绣了三天，他还没来。鞋垫上绣的和这一样，也是三朵花，五片叶，两条鱼。花是荷花，鱼是金鱼。一连绣了三天他也还是没有来他。妈就在窑里敲那口破锅，梆梆梆，梆梆梆。我知道是催我喂猪去呢。我就撂下鞋垫去喂猪。喂了猪，我就又坐在碾盘上，还绣。妈就在窑里敲水缸，当当当，当当当。我知道是催我担水去呢。我就撂下鞋垫去担水。担了水，我就还坐在碾盘上，还绣。妈就又敲开面板了，咚咚咚，咚咚咚。我知道这回是催我做饭呢。就是个催，就是个催，能把人催死。

我拿着鞋垫站起身，就听见爸的铜锣响了，咣咣咣，咣咣咣。一伙孩子嗷嗷地叫起来。我就看见他了。我看见他穿着一身蓝学生服，背着一个方方正正的背包，手里举着一个金光闪闪的铜铃铛，从老杨树后边走出来，简直就像是从画儿上走下来的，他可真神气，他可真年轻，他可真好看呀他！天是蓝的，山是黄的，树是绿的，天上地下透亮得叫人眼晕，他就从画上走下来了他。我高兴得浑身直打战。我就看见荞麦从人堆儿里跑出来，一边跑一边喊，姐，姐，快煮饺子吧，快煮饺子吧，老师来啦，老师来啦！

爸说，也不知道咱们老赵家有没有这么大的福气，他要真能看上你，咱老赵家的祖坟上就算是烧了高香啦。爸这话不是对着我说的，是对着油灯说的。爸把烟锅对着油灯凑过去，爸说，就算是烧了高香啦。我就站在灶台边上浑身直打战。他可真神气，他可真好看呀他！他拿着个本子站在我对面，他说，姓名。我就笑，我说，我解不下。他说，就是你叫啥名字。我说，哦，解下啦，我姓名荷花，你又不是不知道。他就笑起来，他说，不对，是你的名字叫荷花。你姓赵。我说，我爸姓赵，我可不是也得姓赵吗我。他就不笑了。他说，年龄。他看看我，他又说，就是你今年有多大了。我赶紧说，这回我解下啦，我是五月初二的生日，刚过了两个月，今年十七啦。他都写在那个本子上。他说，太大了，超龄啦。我说，谁说大？你属狗，我属鼠，我比你还小两岁哩！谁说大？他就把本子放下了，他说，你不懂，我现在是在统计到底咱们村有多少学龄儿童。他看看我，他停下，他又说，就是有多少孩子够上学的岁数。你十七岁，太大了，你连上中学的岁数都超过了，可是你还是可以到学校来扫盲。我就生气了，我说扫就扫，反正在家也是天天扫。他见我生气，他就笑，他说，荷花，你不懂，你听错了。扫盲就是认字，不是扫地。他可真神气，他可真好看呀他。他一笑。我也笑。我一天的学也没有上过，我可不是啥也不懂，啥也解不下吗我。我哪敢和人家比呀我。我一个十七八的大闺女家，我哪能和娃娃们一块儿扎堆去呀我。我就给金鱼绣了黑眼睛，给荷花绣了白芯子。

我就用蓝线一针挨一针地给花和鱼衬了底色。鱼就游起来了。花儿就漂起来了。我就把鞋垫给了荞麦，我说，荞麦，给。荞麦拿到手上，荞麦说，姐，这么好看，你咋不给我呀。我说，这双太大。你想要，姐再给你绣。我说，放到书包里，不许叫别人看见。荞麦放到书包里，荞麦抹了一把鼻涕就跑了。我知道我配不上人家。可我这一辈子再没有绣过那么好看的花。红花白芯子，金鱼黑眼睛。要多好看有多好看。白脸盘高个子，黑眉毛大眼睛，要多神气有多神气，要多年轻有多年轻。他哪像现在这个样呀他。

我就把绿线从笸箩里又拾起来，绣完了红花，绣绿叶，绣完了绿叶，就该绣金鱼了。天太旱。脚底下滚了满地的绿珠子。它真是难受死啦它。

二

牛娃

满鼻子的都是屎味。血就一下子一下子地撞到脑门子上，撞得脑袋都快他妈×的炸啦。咚，咚，咚，都快他妈×的炸啦！日他的祖宗，你站到这么个龟孙子地方不闻屎味还想闻他妈×的啥味呀你。这一群苍蝇就在脸前头综着我，飞过去，落一落。飞过来，落一落。嗡嗡嗡，嗡嗡嗡。弄得脸上麻一阵，痒一阵。嗡嗡嗡嗡嗡嗡，嗡你妈×的啥呀嗡，嗡急了，我一刀子全宰了你们不可。那个说书的瞎子说，好汉武二郎一手握了白闪闪牛耳尖刀，一手揪住淫妇潘金莲的头发，说时迟，那时快，只听一声惨叫，白刀子进去红刀子可就出来啦。那武松心不跳，气不喘，面不改色，噌噌又是两刀，哐当一声，一颗血淋淋的人头就他妈×摆在了大哥武大郎的牌位前。嗡嗡嗡，嗡嗡嗡，嗡你妈×的啥呀嗡，嗡急了，我一刀子全宰了你们不可。那个说书的瞎子说，潘金莲那个狗日的，看上了有钱有势的西门庆，她个龟孙子就起了坏心了她，她狗日的就不想跟武大郎过啦她，她就使毒药药死了自己的男人，她狗日的就跟西门庆睡开觉了她，你说她是人不是人呀她，你说她心狠不狠呀她，你说天底下这女人你能信不能信呀你，一转眼她就跟他妈×的野男人睡开觉了她。

你以为就是武松敢杀人呀你，你以为就是武松手里有把刀子呀你。你知道这群苍蝇为啥这么综着我吗，啊？我他妈×的一身的血腥气，一身的猪血，我手里这把刀子刚刚在庙里把一个猪头割下来。白刀子进去，红刀子出来，我就把它狗日的给宰了我，我就把它狗日的脑袋给割下来了我。龙王爷跟前供的那颗猪头就是我割下来的。我就不信，你狗日的那头比猪头还难割。不信你就试试。不信你俩就再往一块儿凑凑，只要你狗日的敢迈进我的门槛，我就给你白刀子进去，红刀子出来。你以为我在庙里杀猪，就不知道你俩想干啥呀。你以为我他妈的比武大郎还憨还傻还窝囊呀你。我从庙里跟出来，就是想要看看你俩狗日的到底要干些啥。他前脚抬腿，就有人告诉我说你看看那是谁出了庙门了你看看。他前脚抬腿，我后脚就跟来了我。你以为就你长了眼睛长了耳朵呀。我也有！我的眼睛耳朵也管用。我就站在这个茅厕里盯着，我倒要看看你们俩能干啥。天底下的男人不全是武大郎，还有好汉武二郎呢。那个说书的瞎子说，眼睛里头装不下沙子，好汉肚里咽不下窝囊。我快五十岁的人啦我，我连孙子都有啦我，我肚子里也不能装下这个龟孙一辈子的窝囊，我他妈×的也不是武大郎！你拿着个兜兜坐在树底下，我还不知道你心里想的啥呀我，你等吧你，你狗日的都等了三十一年啦，你也还是白等。血都快把脑袋撞破啦！咚，咚，咚，都快撞他妈×的破啦！苍蝇们飞过来飞过去的，飞过去飞过来的，嗡嗡嗡嗡嗡嗡，我就一刀砍过去了我，我非宰了你们不可。我就再砍一刀，再砍一刀，再砍一刀，再砍一刀，正砍着，她就走进来了她，她一走进来就叫起来了。

她就骂，呀呀，牛娃，你个龟孙这是要杀人呀你，瞧你这一身的血。

我就笑，嘿嘿，嘿嘿，杀啥人呀我，我哪敢杀人呀我，我杀了一辈子猪，你见我碰过谁一根毛吗你，啊？我是在庙里杀猪呢。

她又骂，牛娃，你死吧你，你个不要脸的你，人家一个女人家上茅厕，你个男人家钻在里头想干啥呀你。我刚刚咳嗽了那些回，你就成心不应声呀你，你就是想等着我进来呀你。

我又笑，嘿嘿，哪能呢，红盼。你看我这穿戴得齐齐整整的，我哪有那么坏的心眼儿呀我。再说你的屁股除了荞麦能看看，别人哪能随便看呢。我哪有那么坏的心眼儿呀我，我就是真的没听见。

她还骂，你狗日的在庙里杀猪，你龟孙不在庙里上茅厕，跑到这么远来干啥呀你？我还笑，我说，嘿嘿，我也不想跑，是庙里人多，茅厕里挤得插不进个缝缝。我是憋不住啦我。憋得我可村子瞎跑，我就跑到这儿来了。

她就一直骂。我就一直笑。她就一直骂，我就一直笑。笑得我脸都硬了我。

等到红盼把我从茅厕里骂出来，我又扭过头去看了看，她早就没影了她。血不往头上撞了。苍蝇也不飞了。我就听见吹吹打打的曲子传过来。青天大白日头底下，就是那棵李子树，李子树底下坐着她单单的一个人，有几只鸡在她身边走过来走过去的，她手里拿着个兜兜在那儿绣，绣一针，把针尖在头发里蹭蹭。绣一针，把针尖在头发里蹭蹭。我在她身上种了快三十年的种子，我在她身上种出来三个儿子两个闺女。现在，我儿子也有了媳妇，我儿子的种子又结出果儿来了，我现在有了孙子了，她是在给我孙子绣兜兜呢她。她在这棵李子树底下一坐就是三十年。都他妈×的快三十年了她。她早就变成一棵树了，是我的树，是我牛娃一个人的树，树根儿就扎在我的院子里，一扎就是快三十年。她结出来的果子，都是我种下的种子，我种了她三十年，种了大半辈子了。我就知道他们不敢让我用上这把刀。吹吹打打的曲子一阵比一阵响得紧。十里八乡的人都跑到五人坪来找龙王祈雨，给龙王爷唱戏，给龙王爷说书，给龙王爷请来道士吹打响器。可你要想伺候好龙王爷，还得靠我这把刀子给龙王爷杀猪宰羊。龙王爷吃不上肉，他哪能给你下雨呀他。说时迟，那时快，武松的白刀子就变成红刀子了。我就知道他们不敢让我用上这把刀。那个说书的是个瞎子，一个瞎子哪能看得见我手里也有一把刀呀。红盼的男人是荞麦，荞麦现在是村长，村长老婆的屁股哪能随便看呢，我哪有那么大的胆子呀，我哪有那么坏的心眼儿呀。村长的老婆看见我手里有把刀，可我这把刀是杀猪的刀，不是杀人的刀。庙里的那颗猪头就是我割下来的。十里八乡的男女老少都看见了，都能做证，我割下来的是猪头，不是人头。我杀了一辈子的猪了我，有谁见过我碰过谁的一根毛儿嘛，啊？再说了，我就知道他们不敢让我用上这把刀。

三

荞麦

他看看我。他说，九天太长了。孩子们欠下的课太多了不好补。

我说，张老师，要是祈不来雨，今年再没有一点收成，就不是九天的事情啦，咱这学校办不办得下去都难说啦。孩子们要是都不能来上学了，张老师，你还教谁呀你？

他又看看我，他就不说话了他，他就低着头一股劲地抽烟，一股劲地抽烟，烟从他嘴里冒出来，又贴着他的脸他的头发升上去，他那个脑袋就变得像个炼丹炉。我就把心提到嗓子眼儿上，自打他从监狱里关了八年出来，和他一说话我就把心提到嗓子眼儿上。我把一整条“红塔山”放到桌子上，我说，张老师，这是村委会决定给你的补助，过两天还有猪肉、羊肉、鸡蛋、白面，凡是祈雨龙王爷有一份儿的，学校都有一份儿。我看看他的脸色，我又说，张老师，你放心，有我这当学生的当村长当支书，亏不了老师你一根毛。

他把烟从嘴上拿下来说，荞麦，你还记着毛主席的那句诗吗？

我说，哪句？

他说，“收拾金瓯一片，分田分地真忙”。你们现在是分酒分肉真忙。

我说，张老师，我现在哪还能顾上毛主席的诗呀我。我现在不忙哪行呢我。十里八乡的群众全都发动起来了，全都吵吵着要祈雨，全都说再不下雨就没法活啦，群众全都发动起来了我哪能不忙呢我。张老师，现在群众就看你一个人的了，就看你给不给大伙腾出庙来，给不给大伙留条生路啦。

他就笑了，他说，“僧是愚氓犹可训”。他说，荞麦，毛主席的这句诗你肯定也忘了吧。他说，荞麦，我现在怎么能和五人坪十里八乡的群众闹对立呢我。可惜，李京生、刘平平他们都走了，他们看不见现在的这些事情了，他们怎么能知道广大群众自发的祭龙王闹祈雨是怎么回事呀。这才是“黄鹤知何去，剩有游人处”。说了这一句，他又看看我，他说，荞麦，这一句，你肯定更记不住了你。你真不是个好学生呀你。

我说，是哩，是哩，张老师说得对，是不是个好学生。我说，张老师，那你到底答应不答应村里这件事情呀你。

他淡淡一笑，他说，我怎么能和广大人民群众作对呢我。

我的心就从嗓子眼儿落到肚子里，我就跟着笑起来。我说，到底是咱张老师，到底是咱自己人，他们都还担心你反对祈雨呢，他们都还担心你说这是封建迷信呢，狗日的们尽是瞎操心狗日的们。他们哪知道张老师是谁呀他们。

他又笑起来，他说，荞麦，先不说这是不是封建迷信。有件事情你现在得答应我。

我知道他肯定又要提那件事情了，我都听他说了够一万回了，听得耳朵眼儿都叫他给磨大了。我说，张老师，你说吧你，啥事情。

他说，祈雨的事情闹完以后，你得答应我在村里给娃娃们盖一个新学校，叫我们从庙里搬出去。群众祈雨捐的钱你们不能都留下，你们当干部的得给群众办了这件大事。这么多年了，这件事说得我嘴都磨出茧子了。

我说，能行，能行。现在庙里要办的事情越来越多啦，不能总叫学校占着。学校是学校，庙是庙，各有各的用处，都不能少。你说是不是呀张老师。那就放九天假吧。

他点点头说，行。

我说，这回有说书的，有唱戏的，还有道士们吹打响器。张老师，你要想让学生娃娃们唱个歌就更好更热闹啦。

他说，你答应给盖新学校，我们就唱。反正娃娃们也没有别的事情做，反正娃娃们心里也是想热闹，想唱歌。他说，荞麦，你还记着我教你们唱的那些歌吗？

我就笑了，我说，我能忘了嘛我，《北京有个金太阳》！《大海航行靠舵手》！

他也笑了，他说，过时了，过时了，要唱就唱个新的吧。唱个《在希望的田野上》吧，娃娃们刚学会的。

我就又笑了，我说，我心里真高兴呀，张老师。他们哪知道张老师是谁呀他们。张老师是自己人。狗日的们尽是瞎操心狗日的们。

我就高高兴兴从庙里走出来。走出来的时候，回过头去看见他，我朝他笑笑，他就朝我摆摆手。我们吃了饺子走出来的时候，也是朝他笑笑，他也是朝我们摆摆手。我们都把心提到嗓子眼儿上，我们看见他站在门口的灯光里，又高又大，我们说，老师，明天还上课么老师？我们又说，老师，明天你还走么老师？他就摆摆手，他说，我哪也不去啦我，上课。说完话，他就咯咯吱吱地关上庙门，他就咯咯吱吱地把那张要去全国各地革命大串联的声明关在门外边，他就咯咯吱吱地把自己一个人关在这个破庙里了。我就对大伙说，庙里谁也没有，庙里就有张老师一个人。红盼说，不对，张老师还有一把口琴呢。天早就黑了，黑得啥也看不见了。黑天黑地里真的传出来老师的口琴声，细细的，颤颤的，好像是天边儿传过来的，我们都听出来了，老师吹的是《北京有个金太阳》。我们站在黑天黑地里，都不说话，都不出声，我就又说，庙里谁也没有，庙里就有张老师一个人。红盼就哭了，红盼说，不对，张老师还有一把口琴呢……我就想，我以后可不住在庙里当老师，我以后要娶红盼给我当媳妇。

我上哪找钱、找砖、找瓦、找木料去呀？没钱、没砖、没瓦、没木料，我上哪盖新学校去呀我？可我不能不答应他，我要不答应他，学校不放假，庙腾不出来，龙王爷上哪请去呀？祈雨的事情要是闹砸了，十里八乡的人非把我给吃了不可。整整两年不下雨啦，这老天爷是不叫人活啦他。现在这农村没他妈×的人管了。除了催钱、催粮、不许生孩子这三件事有人管，剩下的事情是死是活都活该啦。我也不是活雷锋呀我，我也不是活神仙呀我，我也不能白干活儿不要钱吧我，天底下有这种事情吗？啊？跟龙王爷要点雨水，你还得花钱请人唱戏、说书、闹红火，你还得给龙王供猪、供羊呢。我赵荞麦一个大凡人，也不能靠喝西北风活着吧，啊？我给群众操了这么多的心，受了这么多的累，我从大伙捐的钱里拿一份，也是应该的吧。多劳多得，这是规矩，这是原则，这是政府规定的。这不是我赵荞麦自己一个人想出来的吧，啊？可他是你老师，老师说了话，你就不能不答应，办得成得答应，办不成也得答应。办得成办不成你都得答应你。你他妈×的一个农村土干部，谁说句话你也得答应，连他妈×的狗叫唤两声你都得答应。我早就该改个名了我，我不应该叫赵荞麦，我应该叫赵答应。我他妈×的啥都得答应。

四

赵万金

这营生太小了，一转眼就把它插满了。插满了还插，插满了还插，活活就把香炉插成个柴禾垛啦。断香碎香落了一地。挤成一片的香火头叫风一吹，就着啦，呼呼的火苗子蹿起半尺多高。我就叫，满喜！满喜！满喜！狗蛋！狗蛋！狗蛋！不看见着火啦都，快来收拾收拾吧。请不来龙王爷还要请来狗日的火神爷呢，还要把这个庙给烧了呢，还不快些！聋啦？满喜就笑嘻嘻地龇着牙跑过来，满喜的手里端着个白瓷碗，满喜说，来了，来了，龙王的水来了。满喜把碗里的水朝火上一泼，扑嗞，火灭了。跟着那股白烟和水气香灰落了人满头满脸。乱，太乱，真是乱得没个样子啦。你说说，这哪像是请神仙呀，啊？

我就眼瞅着那俩婆姨从人堆里挤出来，往功德箱里塞了几张毛毛票，点了三炷香，接着就跪下给龙王爷磕头，刚说了两句求龙王爷下雨的话，就胡说开了，就朝龙王要开儿子了，你说说这乱不乱哪，啊？你说这人心有尽没尽哪，啊？啥他妈×的也想要，你狗日的咋不跟龙王要座金山呀你？你想要儿子你也得朝送子娘娘要啊，你跟龙王能要来儿子吗你？他龙王跟我一样，他也是个带把儿的男人，他是管水的神仙，他咋能管你们婆姨家生男还是生女呢他。你说这俩烂婆姨不是胡闹吗不是。真是他妈×的一点规矩也没有了，真是乱了套了真是。你看看这人群，挤过来挤过去的，乱乱哄哄的简直就是一群乱了营的畜生，简直就是一群炸了圈的羊。乱吧，乱吧，乱吧，早晚有一天叫你们乱够喽。气得龙王爷十年不下雨，看你们狗日的还乱不乱。到时候生下他妈×的一万个儿子，生下一火车的儿子也是白搭！

我看见他从人堆里走过来看看我，他说了句啥话。

响器吹打得太吵人，我听不见，我摇摇头，我说，你说啥。

他就喊，我去看了荞麦他妈了，你放心吧，她没啥事情，我给她倒了碗水她不喝。

我点点头，我说，哎呀真是叫你操心啦，哎呀，真是的啦。

他也摇摇头，他就喊，没啥，反正我也没啥事。你渴么？你喝水么你？我给你端过来吧。

我又摇摇头，我说，不喝。

他又喊，你吸烟么？

我又摇摇头，我说，不吸。我说，你有啥事情快忙去吧你，这儿人多哩，不用招呼我，你快忙去吧你。

他也摇摇头，他说，我不忙，我啥事情也没有。

他就扭过头看台上的那一伙子人。曲子吹打得调不是调，点不是点的，乱得就像个蛤蟆坑。响器们冷不丁停下来了。耳朵里不响了，脑袋里还在嗡嗡。看见他不动，我又说，你有啥事情快忙去吧你，不用招呼我，你快忙去吧你。

他朝我淡淡一笑，他说，学生们都放了假了，我啥事情也没有，我不忙。

说完他就走了。臭蛋放下手里的唢呐，臭蛋就在台上骂，狗日的们眼瞎啦，看不见没茶水啦！不给水喝，叫人干吹呀！他听见就转回身来，提起暖壶递过去。臭蛋就笑起来，臭蛋说，哎呀呀，哎呀呀，可不敢劳张老师的大驾。他也笑，他说，不怕，不怕，我啥事情也没有，递个水不怕啥。说完他又走。台上的响器就又吹打起来，庙里就又乱得像个蛤蟆坑。乱得他妈×的一点规矩也没有。

陈三爷一死，五人坪的规矩也就算是死了。谁也闹不清楚这件事到底该怎么办，到底都有些啥规矩。照理说，张老师应该知道，这些规矩都是白纸黑字写在书里的。可张老师念的都是新书，老书他一本没念过。没念过老书，上哪懂得老规矩去呀。几十年都不让弄这些事情了，都说是封建，都说是迷信，都把这些老规矩的命给革他妈×的了。

土改工作队的孙队长说，赵万金同志，你现在宣了誓，你就是党员了，你是咱们九十里乱流河有史以来的第一个共产党员，你以后就得永远跟着党走，一辈子跟着党干革命。我听孙队长的话，我就干革命。人家孙队长把地都分给你了，你说我能不听孙队长的话吗我，啊？你要是种了几百辈子的庄稼，做梦都想有一块自己的地，有一天，猛不丁有人把地分给你了，又说这地就是你的了，你不也照样得听他的话吗，啊？我那时候哪知道自己会老呀，哪知道自己能歪了嘴瘸了腿呀我，哪知道自己的老婆能瘫在炕上呀。我那时候哪知道有一天还得供龙王爷祈雨呀。张老师没念过老书，不懂得老规矩。他只能像个人影子一样，在村里晃过来晃过去的，啥忙他也是帮不上。一个最有学问的人现在变成个人影子了，你还想让他帮啥忙呀。我是有史以来的第一个共产党员，我革了一辈子的命，我他妈×的更不懂得老规矩，我他妈×的更是帮不上个忙。供品应该怎么放，曲子应该怎么吹，啥时辰该献祭，献祭的时候都该说些啥，到底该烧几炷香，到底该闹几天红火，全他妈×的不知道，全让陈三爷给带进坟里去了。

陈三爷一死，五人坪的老规矩就算是死绝啦。荞麦把臭蛋那个狗日的给请来当道士、吹响器，臭蛋是个干啥的谁不知道呀，他除了在黄土坡种庄稼，就是到河底镇卖羊肉，逢上谁家有个红白喜事他就来了他，两份买卖一块儿做，又卖羊肉又吹响器，谁知道他那道袍是从哪个戏班子里买来的呀。你说请来这种道士，龙王爷他还能高兴吗他，龙王爷他还能给你下雨吗他，啊？

十里八乡的人全都疯了，两年不下雨全都急疯了。懂规矩要祈雨，不懂规矩也要祈雨，懂不懂反正是要跟龙王爷要雨水。十里八乡的人全都疯了，全都挤到这个庙里来了，烧香磕头、听书看戏，完了就往这个箱子里塞钱。荞麦那个狗日的说，你啥也干不了你，你就每天来给看着这个功德箱子吧，叫别人看着我不放心，没有我的话谁也不许他们乱动这个箱子。我现在嘴又歪、腿又瘸，我老婆瘫在炕头上，我可不是啥也干不了吗我。有史以来的第一个共产党员，革了一辈子的命，革得自己也快进坟地了还能有他妈×的什么用呀，啊？

不管你有多大的学问，要是叫你狗日的也住上八年的大狱，你能不能活着出来都难说，你照样也得像他一样，变成个人影子晃过来晃过去的啥事情也没有干的。真是日月不饶人呀，那么年轻的一个老师，手里拿着个明晃晃的铜铃铛，一眨眼的工夫就白了头了。你要是也住了八年的监狱，你能不白头吗，啊？你能吗你？有史以来的第一个共产党员白了头，那么年轻那么有学问的一个老师也白了头，全他妈×的白了头。我就知道，一个农村土干部干来干去干到底你也还是个摆弄土疙瘩的，干来干去干到底你也还得钻到土里去，你也还是个种庄稼的苦力。种庄稼的白了头，第一个共产党员白了头，最有学问的白了头，当老师的也白了头，全他妈的白了头。

你就是不白头你也得瘫到炕头上。人家一个老师，方圆几十里独一个的识字儿的先生，咋能看上荷花呢，老赵家的祖坟上哪有这么好的风水呢，可那时候哪想得到他得蹲八年的大狱呢。我说，张老师，你以后就不用费事自己做饭吃了，我就让荷花天天来给你做饭吧，反正荷花也没啥事情，省得你再受累啦。他看看我，他说，不用了，还是我自己做吧，我怎么能在五人坪搞特殊化呢我，我是人民教师，我又不是少爷小姐，我怎么能搞特殊化呢我。我怎么敢叫人家特殊化呢，我就知道人家看不上个荷花，我就知道老赵家没有这么大的福气。有福气的白了头，没有福气的也白了头，有福气没福气全他妈的白了头。那么能干的一个老婆瘫在炕头上你还有啥福气呀你？臭蛋、臭蛋你就破上命地吹吧你，你狗日的不把我的耳朵吹聋了，你就不算是个完。

五

荞麦

我告诉翠巧让她在家等着我，你说我能不去吗我。大小我也是个村长呀，一个村长就得说话算话。再说了，满成叫我派到县里接蒲剧团去了，他接蒲剧团也不是白接，他接蒲剧团来回一百八十里我给他一百块补助，我给他一百块补助也不能白补助吧。我告诉她在家等着我，我就得去，我一个村长说话就得算话，说话不算话那还叫什么村长呀。完了这件事，我还得请人家二梁喝酒呢，不喝这顿酒上哪弄钱请剧团呀。二梁现在是摇钱树，可摇钱树也得你摇他他才给你往下掉钱呀，你不摇，你不会摇，你摇不好，他个狗日的一分钱都不给你往下掉。这都是当村长的工作，这都是当村长的辛苦，你苦死累死有他妈×的谁知道呀。我和她说好了我就得去，再忙我也得去，多忙我也得去，忙不忙我都得去。脚底下一绊，嘭咚，就把我栽到门框上，撞得脑袋生疼生疼的，这是哪个狗日的瞎了眼啦，这是哪个狗日的把劈柴扔在门道上的，啊？眼前头走过去走过来的全是添乱的，没有一个是干活的。哄哄哄，哄哄哄，全他妈×的是添乱的，全是。锅、碗、盘子、筷子、水桶，都不够，都还得借。炭也不够用，还得再派人派牲口到段家沟驮炭去。气灯也不够，还得再买一盏。臭蛋说还得要九挂响鞭，要九张大红纸。菜案上还得再添俩人，面案上也得添，我他妈×的再长出十八只手来也管不过来。我告诉她了，我叫她在家等着我。我派满成去县里，那是我看得起他。蒲剧团要是接不来，最后三天的“水漫金山”让谁唱呀。肉案上的人呢，人呢，不好好干活上哪儿他妈×的闲逛去啦，啊？猪才杀了一头，那一头咋还在那儿拴着呢，这是他妈×的打算等着下崽儿啊这是，这是不想供龙王爷啦这是？一眼看不住就要奸猾，一眼看不住就要奸猾。我他妈×的再长出十八只手来也管不过来。

我就叫他，牛娃，牛娃，牛娃！

叫不应。

我就又叫，牛娃，牛娃，牛娃！

还是个不应。

这狗日的跑到哪去了这狗日的。一眨眼的工夫就又找不着他了，一扇猪肉剔了一半人就给跑了。刀子也不在了，肯定是又掂上刀子杀人去了他。这个狗日的，早晚有一天得叫我劁了他。劁了他个狗日的他就老实了他。他就不敢再天天掂上把刀子杀人去了他。他就不用天天再起疑心了他。从他娶了荷花那天起就闹这个杀人的事。动不动掂上把刀子偷偷跟在人家后头，就是疑心人家勾引他老婆了，就是疑心人家和他老婆有啥事情了。有啥事情呀？真有倒他妈×的好啦。真有我姐姐就算是有了天大的福气啦。荷花绣的那双鞋垫尺寸就不对，人家张老师压根儿就没有要。人家张老师是国家干部，是吃商品粮的，人家有那么大的学问，人家啥时候正眼看过荷花一回呀。我把那个鞋垫递过去，我说，张老师，给你这个。人家说，荞麦，你以后不要用袖子抹鼻涕啦，这多不卫生呀，啊？我说，张老师，给你这个，这是我姐姐给你绣的。人家笑笑，人家说，不用啦，荞麦，这个尺寸不对不能用，你拿回去吧你。你以后不要再用袖子抹鼻涕啦你，你现在是学生了你，你得学会讲卫生。你说你天天跟在人家张老师后头要干啥呀你？你跟了人家二三十年，你动不动就要杀人，你狗日的有这个胆子吗？啊？你以为你是个啥？你以为你是五人坪的英雄？啊？你死了这条心吧你，你撒泡尿照照自己，你是全五人坪最最狗熊的一个男人，你他妈×的除了能躲在别人后头抹鼻涕，你啥他妈×的也不敢，啥也不会。二三十年了，你偷偷摸摸地掂着把刀子就像是个贼。你还杀人呢你。你试试。你狗日的敢动我姐姐一根毛，我立马就捶死你，我他妈×的一块一块剁了你熬汤喝！

我就叫，满喜，满喜，满喜！

满喜搭着块油黑的毛巾跑过来，满喜说，啥事情，村长？

我说，看见牛娃没？

满喜笑笑。他一笑我就知道是他使的坏。满喜说，哎呀，我也没见。满喜扭过头看看肉案子，满喜又笑了，满喜说，哎呀呀，刀子也不在，敢是又杀人去了吧。

我说，满喜！又是你狗日的使的坏，又是你撩逗他，你找死呀你！真出了事情，我把你狗日的脑袋拧下来。

满喜用那条油毛巾抹抹脸，满喜说，哪有我的事情呀，我啥也没说我，我就是看见张老师出了庙门。别的我啥也没说呀我。村长，你可别冤枉好人呀你。

我还没说话，满喜又叫起来，满喜说，来了来了来了来了，哎呀，救星来了，救星来了，杀人的人回来了，杀人的人回来了，你快问问他吧你。牛娃牛娃，你狗日的上哪去了呀你，叫村长在这儿骂我。

我转过身看见他了。我说，牛娃！

他手里掂着把刀子，他就笑。

我说，牛娃！你个狗日的不干活儿，掂着刀子上哪儿去了你？

他就笑，他说，村长，我哪也没去我，我就是憋不住，去了趟茅厕。

我说，你狗日的上茅厕也拿刀子，你是要撒尿去呀，你还是要上茅厕割屌去呀你，你又是活得不耐烦了吧你，啊？你又是要杀人吧你，啊？

他就不说话了。他就笑。他就嘿嘿。他说，村长，我哪敢杀人呀我，我哪有那个胆子呀我，你看我杀了一辈子的猪，我碰过谁的一根毛吗我。

我说，牛娃，你咋这么糊涂呀你，跟你说了一辈子，说了几十年了，你也是个不信。人家张老师是国家干部，是挣工资吃商品粮的人，人家啥时候正眼看过荷花一回呀，啊？人家要是真的看上荷花了，还有你的份儿吗，我爸还能把荷花嫁给你吗，啊？你盖上十八床大棉被做梦去吧你。你到底长的是人脑子还是猪脑子呀你，你咋就听不进去人话呀你。我跟你说，你个狗日的要是敢碰我姐姐一根毛，要是敢碰张老师一根毛，看我不捶死你，我他妈×的一刀一刀活剐了你。你别以为就你一个人会杀猪会使刀子。你狗日的再闹这杀人的事情，我就真把县公安局的老张叫来，把你个王八蛋铐到县大狱去关起来，永辈子也他妈×的不放你出来。

他就又笑。他就又嘿嘿。他说，村长，我哪敢杀人呀我，我哪有那么大的胆子呀，我真是上茅厕去了我，这儿的茅厕挤得插不进个缝缝，憋得我可村子瞎跑，我还碰见你家红盼了呢，我哪杀人了我，你不信你问问她去。

我说，你哄鬼吧你，憋得要尿裤子了你还忘不了拿上刀子你，啊？

他就再不说话了，他就光在那儿嘿嘿。

我说，嘿嘿啥呀你嘿嘿，你狗日的还不快些干活儿去你。耽误了祈雨的大事，十里八乡的人非宰了你献龙王爷不可。你狗日的嘿嘿啥呀你嘿嘿。

他就颠儿颠儿地跑到肉案子上。你说你气不气呀你。天底下就有这号人，笨他妈×的连头猪也不如，他还要他妈×的杀什么人。有这么多的事情干不过来，他还要给你添乱，他还要杀什么人。我他妈×的生出十八只手来我也是管不过来！我都和她说好了，你说我能不去吗我？

六

高卫东

口水吹得从喇叭里流下来，腮帮子酸得要炸开了，两只膀子端得又麻又木，我就放下唢呐，我对那七个摆摆手，我说，歇歇，歇歇，喘口气吧。给龙王爷干活也得叫人喘口气吧。大伙就都放下家伙，都不吹打了。我就把道袍也脱下来，把道帽也摘下来，祖宗的，吹出一身一头的汗来，我也透透气，龙王爷不发水，我他妈×的倒发开水啦我，祖宗的，弄出我一身的水来。我就看见那老汉扭过头来剜了我一眼，我知道他看不上我，他看不上我是嫌我不正道，不是个真道士。你以为我愿意来呀我，有张老师在五人坪我起根儿就不想来我。有张老师在这，我还弄啥道场呀我？要不是荞麦三回五回地求我，我才不来呢我。你老汉看不上也是白搭，你看不上你也不是村长，现在荞麦是村长，我吹打完了朝村长要钱，又不朝你要钱。你剜我多少眼你也是白搭。再说了，现在种子、农药、柴油、化肥、打的针、吃的药、喝的酒、抽的烟都他妈×的是假的，说的假话，办的假事，定的假规矩，当官的作假，为民的也作假，这个世界全他妈×的成了假世界了，为啥道士就非得是真的呢？你说说这天底下现在还有一件真东西吗，啊？满天下的东西都变成假的了，为啥就非得让道士是真的呢？再说了，我穿上道袍给你们真打真闹、真吹真拉、真说真念，我就是个真道士。我脱了道袍我真吃真喝真做真睡，我就是个真人。连太上老君都说啦，世间万物生于有，有生于无。有无相生即为道。这道理你懂不懂呀你。你连这点道理都不懂得，你还一眼一眼地剜我干啥呀你。你又不是村长，我又不朝你要钱。再说了，要不是我穿上道袍，弄上这个八音会在这给你们吹打上，谁往你那个功德箱里放钱呀，啊？谁还信你们供的这个龙王牌位，谁还信你们能祈来雨呀，啊？你自己睁眼看看，这里三层外三层围的人，这十里八乡来的人，都是奔谁来的？奔你这个歪嘴斜眼的瘸老汉来的？啊？你有这么好看吗，啊？你拉倒吧你。牵头老母猪来卧到这也不比你难看，你就不用一眼一眼地剜我啦你。你醒醒吧你。这里三层外三层围的人，这十里八乡来的人，都是奔我来的，都是奔我这身道袍来的。我要是一走，你们五人坪的人哭瞎了眼、急死了人也没个人愿意来看看。我今天穿了道袍，挂了桃木宝剑，带了八音会来到五人坪，不是为了我臭蛋一个人挣钱、喝酒、贪图痛快。你睁眼看看这庙里男女老少的人有多少，你睁眼看看有多少人在那儿磕头作揖，烧香进供。我就是为他们，为十里八乡的乡亲们朝龙王祈雨来了。

我放下唢呐摇摇茶壶，我就骂，狗日的们眼瞎啦，看不见没茶水啦！不给水喝，叫人干吹呀！

一扭头，我就在人群里看见他了。一看见他，头皮就奓起来了。咳呀，你说我咋就这么不长眼呀我。听见我叫喊，他就提着暖壶走过来了他。他一过来我就害怕。

我赶紧笑，赶紧说，哎呀呀，哎呀呀，可不敢劳张老师的大驾。哪有老师给学生倒水喝的呀。

他笑笑，他说，不怕，不怕，我啥事情也没有，递个水不怕啥。放下水他说，高卫东，你当道士当了几年啦？

我赶紧笑，赶紧说，张老师、张老师，你就还叫我臭蛋吧，叫个臭蛋随随便便的就行啦，你给我起的这个学名现在他们都不叫，大伙都是叫我臭蛋。

他就笑，他说，高卫东，现在道士们祈雨也用流行歌曲啦？

我赶紧笑，赶紧说，张老师，我们就是混口饭吃，我们这几个人都是瞎胡凑和，会个啥就吹个啥，给大家把事情办了就算行了。要不是在学校张老师教会了我识简谱，连这几个歌也不会吹呢。张老师，有啥不对的地方张老师多多担待。

他就笑，他说，高卫东，你现在真会说话呀。我哪懂得这些事情呀，我们师范学校教的都是文化知识，又不教学生怎么祈雨。

我说，哎呀，张老师你再说这就把我寒碜死呀。张老师天上地下哪有你不懂的呀！我肚子里有点啥东西你还不知道呀。张老师，你快不用难看我啦张老师。

他又笑笑，他说，你们喝水吧，不够我再给你们提。反正我也没啥事情我。

我说，哎呀呀，哎呀呀，可是不敢啦！

他放下壶他就走了。看着他出了庙门，我抹下头上的汗水来。放了学，他把我叫进他的屋里。屋里啥都有，锅碗瓢盆，书本作业，粉笔水笔，地图报纸，摆了满满一屋子。他说，高卫东同学，你是不是老师最喜欢的同学？我点点头。他说，老师为什么把你的名字改叫了卫东，你明白它的意义吗？我点点头。他说，明天会发生一件事情。你们可能会弄不明白。但是，你要记住老师的话，你是老师最喜欢的学生，你要把这个红袖标一直戴在胳膊上，你能做到么？

我点点头。我有点害怕，我看看满屋子乱七八糟的东西，我说，老师，明天有啥事情呀老师？

他就把一本字典从被子底下抽出来，他说，高卫东同学，这是老师留给你的纪念。

我就更害怕了，我说，老师，明天到底要出啥事情呀老师？

他说，你回家吧你，记住老师的话。我就拿着那本字典，从锅碗瓢盆书本作业粉笔水笔地图报纸里走出来。

第二天，我们就看着他出了教室的门，我们就吓得都从座位上站起来，都追出去。我们嚷，张老师张老师。他回过头来，他说，同学们，你们都回去吧，咱们的最后一课已经讲完了。他就又走。看着他走出庙门，我们又都追出去，我们又嚷，张老师张老师。他又回过头来，他说，同学们，你们不要害怕，你们要记住老师的话，我还会回来的。他就转过身去把手伸给公安局的老张，他说，行啦，咱们走吧。老张就把那个明晃晃的手铐给他戴上了。老张就把那个黑亮黑亮的手枪也掏出来了。天气真冷，冻得鼻子耳朵生疼。冻得眼睛直流水。他戴着明晃晃的手铐走在前面。老张举着黑亮黑亮的手枪跟在后面。我们就远远地追着他，北京来的李老师和刘老师也追着他，一直追到村口的老神树底下。

一村子的人都在老神树底下挤着站着。一村子的人都吓得闭住气不敢说话。他转回身来，他说，乡亲们，我还会回来的。就有人哇哇地哭起来，就有人呀呀地喊起来。谁也没想到，他一走就走了八年。八年哪，那可不是一天两天一年两年，是整整八年！八年的工夫够修成个活神仙的啦！我拿着那本字典从锅碗瓢盆书本作业粉笔水笔地图报纸里走出来的时候，我哪知道要发生的就是这件事呀我。

我分开身边围着的人。我说，借个光，借个光，我得上个茅厕，憋不住啦。

你不用在那一眼一眼地剜我。连张老师他都没有说我啥，你就更扯淡啦你。道士就咋啦？道士也是人呀，是个活人他就得有屎有尿吧，啊？有屎有尿他就得上茅厕。

七

二罚

我从庙里找到村里。我从前街找到后街。我可村子地跑，可村子地找，我就找着他了，我看见他一个人背着手在街上走，前头没有人，后头也没有人，我就追过去。

我就叫，老师老师老师。

他就转回身，他就站住了。

我赶紧朝他鞠个躬，我说，老师好。

他说，哦，是二罚。

我又鞠个躬，我又说，老师好。

他说，哦。他说，二罚，放了假你也不去庙里看红火。说完他就走。

我赶紧又鞠个躬，我赶紧又叫住他，我说，老师好。

他就不走了。他看看我，他说，二罚，你这一会儿给我鞠了三个躬了你，你是有啥事情吧你。

我就说，老师，我听说，咱们学校要给村里祈雨唱歌呢。是不是呀老师？

老师说，你耳朵真快，你听谁说的。

我说，是不是呀老师？

老师点点头，老师说，是，是要唱歌。

我说，老师，那咱们练练歌吧老师。

老师就笑了笑，老师说，二罚，你就这么想唱歌呀你。

我说，老师，不光是我想，毛妮儿、孬蛋、笨头他们也都想唱。咱们唱唱吧老师。

老师看看太阳，老师想了想，老师说，好吧，二罚，你去把咱村的同学们找来练练歌儿吧。老师说，反正也没啥事情，也没留多少作业，就练练歌儿吧。

我说，行，张老师。我就跑，我就把同学们都找来了，我们就抬着抄好歌词歌谱的小黑板，都跟着老师往后沟走。我们真高兴呀，又是吵又是闹，老师还没让唱我们就哇哇地唱。老师也不高兴也不生气，老师就是背着手一个人在前边走路。

我们嚷，老师老师，咱们穿个啥服装呀？

老师回过头来笑一笑，老师说，就都戴上红领巾就行啦。说完老师又一个人回过头去走路。

我们又嚷，老师老师，描不描眉，画不画脸呀？

老师又回过头来，老师说，不描不画。说完老师又一个人回过头去走路。

我们又嚷，老师老师，你给不给我们用口琴伴奏呀？

老师又回过头来，老师说，口琴坏了，不伴奏。说完又一个人回过头去走路。

老师也不高兴也不生气，就是一个人背着手在前边走路。可是我们都高兴，我们又是吵又是闹的。走着走着，老师说，就在这儿吧，村里人听不见了，就在这儿唱吧。老师说，二罚，你们把黑板靠在这块大石头上，大家都在这棵树底下坐下吧。等我们都坐下了，老师说，同学们，这次咱们唱歌不光是给咱五人坪唱，来祈雨的人十里八乡哪的都有，同学们咱们一定要给学校争荣誉，一定要争取唱好。记住，第一遍是领唱，第二遍才是合唱。

我们嚷，记——住——了——！

老师说，好。还是毛妮儿领唱，还是二罚指挥。老师说，二罚，你站起来吧你。同学们就笑。我知道他们笑啥，他们笑我一指挥就像是个纺绳的老头儿。老师说，行啦，别笑啦，开始吧，预——备——唱！

我们就唱。我就跟着他们抡胳膊。

> 我们的家乡在希望的田野上，
> 炊烟在新建的住房上飘荡，
> 小河在美丽的山庄旁流淌，
> 一片冬麦，那个一片高粱，
> 十里哟荷塘，十里果香……

他们使劲唱。我使劲抡胳膊。我们唱得脸都憋红啦我们。一条沟里啥也没有，就有我们唱的歌。

哎——嗨哟——哦，呀儿依儿哟……

我们的歌真好听呀。

我扭过头看看张老师。张老师也不唱，也不动，也不高兴，也不生气。张老师就是一动也不动地坐在石头上。两年没下雨了，沟里的河早就干了。连山上的草都卷了叶子了。祈雨真好呀，要不是祈雨我们哪能放假，哪能唱歌呢。我们的歌真好听呀。我们心里真高兴呀我们！张老师转过眼睛看看我们，张老师笑了笑。我们唱得脸都憋红啦，一条沟里啥也没有，就有我们唱的歌。哎——嗨呦——哦，呀儿依儿呦……今天，万里无云，天气晴朗，天空布满了雪白的云朵，朝霞满天，晚霞烧红了天边，我们的歌真好听，我们真高兴呀我们！

八

牛娃

我攥死了把子，对准心窝一刀子攮下去，噗，一尺多长的刀子就看不见了。腕子一拧，呼——血就喷出来了，呼呼的血喷了我满手满身，呼呼的血热得烫人。叫吧，叫吧，叫吧，你个狗日的你，我倒要叫你看看我的刀子有多快，我倒要看看是你的肉硬还是我的刀子硬，我倒要看看我能不能宰了你！你叫呀你，你有本事你倒是叫呀你！你咋不叫啦你，叫呀。我踹了它一脚。你叫呀。我又踹了它一脚。它不叫了也不动了。它狗日的叫我把它给宰了。我提起它一只前腿在腿弯下边割个口，拿铁签子顺着皮穿进去，拔出签子来把那条腿抱到嘴上鼓起腮帮子死命地吹。吹一吹，换口气。吹一吹，敲一敲。拿根细麻绳把口子扎死。再换一条腿，再割，再插，再吹。再换一条腿，再割，再插，再吹。再换一条腿，再割，再插，再吹。一眨眼就把它吹圆了。

我就叫，满喜、满喜，拿杠子，抬。

满喜拿着杠子跑过来，满喜说，来了，来了。

我说，把它放到大锅里。我说，快，浇熬水。我催他，你狗日的扎了小脚了你，你还要等它凉了硬了才收拾呀你，快些，浇熬水，先浇头。

满喜拎着满满一桶熬水跑过来，满喜按我说的用马勺一勺一勺地浇。我拿起焦石一下一下往下刮。刮一下一片黑毛露出一片白皮，刮一下一片黑毛露出一片白皮。我把猪鬃先放到一边。我再催他，满喜，再提，再浇。你倒是快些呀你。满喜拎着桶跑过来跑过去。水溅到我手上烫得就像刀子割。

我就骂，你狗日的瞎啦你，是他妈×的给猪褪毛，又不是给我褪毛。

满喜就停住手。

我就再骂，咋啦，你狗日的不干啦，快呀，浇，浇，浇呀你。

满喜就再浇。

熬水烫出来的猪毛味儿就臭哄哄地从大锅里冒出来。水一多它就在大锅里漂起来，翻转它就轻巧多了。火候烫到了，耳朵和尾巴上的毛用手一捋就褪干净了。热气腾腾的大锅里就漂起一只又白又圆又肥的大白猪。我拿起短刀子割断麻绳，把四只蹄子也弄干净。用刀背啪啪一砍，手一掰褪下一个蹄壳子，手一掰褪下一个蹄壳子，一连褪下八个蹄壳子。随后，看准了骨头节，刀子一转，手一撅，咔嚓，截下一只蹄子。刀子一转，手一撅，咔嚓，截下一只蹄子。刀子一转，手一撅，咔嚓，截下一只蹄子。刀子一转，手一撅，咔嚓，截下一只蹄子。一眨眼，四只蹄子都卸下来了。

有人在一旁喝彩，牛娃，好手艺！

我不回头，我连眼皮子也不动。我知道身边围了不少看热闹的。

我一伸手，我说，钩子。

满喜递过铁钩子。

我把钩子从刀口里弯进去朝上一提，噌，挂实了。我说，起——

满喜赶紧抓住两条后腿。我抓住两条前腿。我说，走——

我俩就提着它走到架子跟前，我把钩子朝架子上一挂。我说，接盆子。

满喜把大铁盆子放到它身子下边。

我说，不对。再往外挪挪，错开些，放到那儿一会儿肠子流下来叫往地下流呀。

满喜赶紧又弯下腰去挪盆。我回过头看看，身边围了一圈看热闹的。我知道他们是等着要看我的绝活儿。我揪住架子上挂的皮条，把刀子在皮条上噌噌钢了两下，伸出指头试试刃子，又揪住皮条又噌噌钢了两下，再试试刃子。我再回头看看，我就在人堆里看见他了。你好好看看吧你，你看看我怎么把它的肠子肚子，怎么把它的心肝五脏都掏出来的。你好好地见识见识我的手艺。你等着吧你，早晚有一天，我也得把你的肠子肚子五脏六腑都给你他妈×的掏出来！

我说，满喜，你狗日的起过一边去。

满喜笑笑，满喜说，好我的师傅啦，我这不是就在一边站着呢么，我们就等着看师傅的绝活儿啦我们。

我说，给我点一根烟。

满喜点着一根烟放到我嘴里。

我又试试刀刃。刃子飞快，刮得指头咯咯响。我先顺着刚才那个刀口的下首轻轻一抹，唰，割开一手长的一道口子。再一抹，刀子就错过了肋锁骨。我把手指头探进去试准了地方，再把刀子插准，把刀尖朝起一挑，走——嚓——一刀到底，我就把它的肚皮豁开了我。再用指头把兜着内脏的那层白膜一钩，哗，一肚子白花花青楞楞热腾腾的肠子就落了满满一铁盆。

又有人在一面叫喊，牛娃，好手艺！

我叼住烟狠狠吸下半截子，我就又看见他了。

他也说，牛娃的手艺就是好。

我笑笑，我说，好啥呀好，就是出个力气吧，干得多了就熟了。我要是也教了三十年的书，不准我也能当个老师呢我。张老师，你说我能行不能行呀？

他也笑笑，他说，能行，能行。

满喜在一旁笑我，牛娃牛娃，说你胖你倒喘开啦你，你一个杀猪的也能教了书，天底下就没有不能教书的啦。你要教书也就是能在猪圈里教教。

我就笑，我说，嘿嘿，张老师大人不计小人过，我不过就是顺嘴说说，我一个杀猪的哪能教了书呢我，除了杀猪、种地这两件事情我能干，别的我啥也不会。我不过就是顺嘴说说吧。我哪敢跟张老师比呀我。

他也笑，他说，呵呵，牛娃真会说话，牛娃真客气。

我回过头看看它，它的肚子叫我一刀子豁到底，它的肠子肚子白花花落了一盆，它的心肝五脏在开了膛的肚子里红楞楞挂了几嘟噜，这个狗日的叫我一刀子把它给宰了！叫我把它褪得又白又净，叫我把它变成了龙王爷的一道菜！我是比不了他，我又没有住过八年的大狱，我又没有领导群众搞过啥运动，我又不知道毛主席都写过啥唱词儿，我又不知道党中央的意思都有些啥东西，我又不会唱歌，我他妈×的啥也不会啥也不知道，我可不是不如他嘛我。我要是也会这一套，荷花不是早就看上我了嘛。还用我一回一回地求人家满喜妈给说媒去吗。满喜妈说，这事情怕是没指望，人家荷花不应承，人家荷花他爸也不应承，就不是你多给彩礼钱的事情，人家多半是要等着张老师提亲呢，这事情没指望啦。

满喜妈说，你看这娃，你看你这娃，你看你这脸色咋就白成一张纸了呀！你看你白得怕人么你！我他妈×的能不白吗我。我他妈×的出了五人坪自古以来最多的一份彩礼，可人家还是看不上我。我一个臭杀猪的可不是比不上人家一个香老师嘛！可我这个臭杀猪的没有去蹲大狱，你这香老师一蹲就是八年。你狗日的蹲了八年大狱，我就在炕头上狠狠种了她八年。你八年出来啥你都没有。我种了她八年种出一个儿子两个闺女来。你再知道毛主席写了多少唱词儿也是白屎搭。毛主席写了多少唱词儿也是不管用，毛主席写了多少唱词儿你也是蹲了八年，蹲了八年大狱也把你蹲成个绝户啦！你认得多少字有多少学问也还照样是个绝户。你抬起头来好好看看它吧你。它叫我一刀子把它给宰了，它的五脏六腑全他妈×的叫我给掏出来了，它活活地叫我把它变成了龙王爷的一道菜。你抬起头来睁开眼好好看看吧你！

他又冲我笑笑，他说，牛娃，你们忙，我走呀。

我说，张老师，你忙啥么，再吸根烟。

他说，我不忙。我刚刚带学生们练了歌儿回来。我不忙，我啥事情也没有。你们忙吧你们。

他就走。我就说，呵呵，张老师慢走。

我就在他头顶上看见西边满天的火烧云。一颗太阳把天上地下烧了个彤红彤红，眼见着就把西天给烧漏啦，红楞楞的太阳从烧漏了的天上掉下来，掉到西山上，又把西山烧得金红金红一片。眼前简直就是一座金瓦、金墙、金脊、金梁、金光闪闪的金銮殿。手里拿的刀子成了金的，身上穿的衣服成了金的，身边围的一圈金人也全都是金红金红的朝我笑，一眼能看出上百里远的旱塬上金光明晃的像个大得没有边儿的金盘子。我站在这个大金盘子上叫明晃晃的日头逼得眯住眼睛。“今嘛个火烧云，明嘛个晒死人”。明天准又是个大晴天。这狗日的老天爷是不叫人活啦，这狗日的老天爷是一滴滴雨也不给人下啦他！上多少供，烧多少香，磕多少头，也是不给下啦，啊？还叫人活不叫人活呀，啊？

他就走。我就说，呵呵，张老师，有空就来耍耍。

他就走出庙门，他就金光闪闪一步一步走到火烧云里去了他。火烧云就把他的头发衣裳全都给烧着了。

我日他的祖宗！

我就又攥死了刀把子。

九

翠巧

我把这把大黑锁朝门鼻儿上一挂，咔嗒，就把院子的前门给锁上了。这么大这么沉的一把锁，谁看见谁都知道门是锁了，这家里没人，这家里的人准保是看红火去了。要是有人谁还锁门哪。保险是没有人了。我又拽了拽它，锁住了，锁死了，谁也别想拽开它了。家里没人可不是得锁上门么。要想开门就得用我手里这把钥匙，没有这把钥匙谁也别想把门打开，满成走的时候也没拿钥匙，满成也打不开。满成哪一回走都不拿钥匙，满成说，有你在家，我拿它干啥呀我。咔嗒一声，它就锁在心口窝上了，又黑，又大，又沉。

我就朝左右看看。没人。我就顺着墙根走到后门，我就再左右看看。还是没人。手一推，门就开了，门轴里叫我上了麻油，一丁丁的响动也没有。轻巧得就像把纸扇子。后院里马棚空着，车不在了，马也不在了，满成驾着它们上县里接剧团去了。太阳晒出来的谷草味儿和马棚的味儿混在一块儿钻进鼻子里，我就站住了，我就觉得闻见满成身上的味儿了，我觉得一阵头晕，我就扶着墙闭住眼睛，眼前就什么也没有什么也看不见了，只剩下满成身上的味儿，我闭着眼把满成吸到心缝儿里，满成满成，你把我的头弄得真晕啊你，你把我的心弄得真乱啊你。满成满成，你这会儿走到哪了呀你。我说我跟你去接剧团去，你为啥不让我去呀你，你为啥非把我一个人撂在家呀你。我知道我不能老在这儿站着，我就睁开眼，我就放下满成，我从满成的味儿里走出来，赶紧绕过山墙。猛抬头，迎面撞见窗户底下我种的西番莲开成一片，紫的、红的、白的、黄的，一大朵一大朵地爆着，开得人心惊肉跳的。我就赶紧回到屋里，赶紧坐到炕上，赶紧拿起满成的鞋垫子，我就一针一针地缝。院门上挂了一把大黑锁，谁看见谁都知道这家里没人。家里没人可不是得锁上门嘛。大花公鸡扑棱棱飞到了院墙上，大花公鸡勾着脖子喔喔地叫起来。它一叫我心里就一炸。它一叫我心里就一炸。你说你叫啥呀你叫，谁还不知道你嗓门大呀。我就一针一针地缝，我就听见后门的响动，我听见他咳嗽了两声，他个死鬼，他又是成心的他，你不咳嗽谁还不知道是你呀，非要弄得山摇地动的才歇心呀你。我赶紧跳下炕，赶紧朝外跑。我看见他提着条布袋，叼着根烟走到西番莲跟前。我赶紧跑过去插后门。我捡了块土疙瘩朝它甩过去，谁还不知道你嗓门大呀，你叫啥呀你叫。

他打开口袋，他把那一大块肉撂在案子上。白的真白，红的真红，有肥有瘦，真是一块好肉。

他说，翠巧，给。一半给我们今晚上做几个菜，一半你留着，等满成回来好好给他包几顿饺子吃。

我看看他，我就笑了。满成他这会儿也不知道干啥呢他？我就说，咋等到这会儿才来呀你。

他也笑，他说，等急啦？事情多得我生出十八只手来也他妈×

的不够用。我也是头一回闹这祈雨的事情，啥也摸不着个头脑还尽是他妈×的添乱的，当一个村长就能把人忙死。他说，天气热啦，怕放不住，你得先把肉在热油里过过，再泡到油瓮里，等满成回来还是新鲜的。

我说，偏你怪，你老是惦记满成。

他嘿嘿地笑出声来。他说，我不惦记满成你能让我一趟一趟地来吗，啊？跟龙王爷祈雨不是也还得上供呢吗。我这也算是给我的神神上供吧。

我也笑，我说，你说话就咬人，谁是你的神神呀。等也不来，等也不来，我还以为你不来了呢。

他又笑笑，他说，你是怕我来呀，你还是盼我来呀。这种事情我能不来吗我？我说了来，就得来。我能说话不算话吗我？

也不知道满成现在走到哪了？我说，看你说的啥话呀，我怕啥呀我。我怕，你不是也得来么你。我是担心再迟就没有工夫给你们弄饭了。

他就一脸的坏笑，他说，这好办，要快就快，要慢就慢，这事情全由人了，老大还能管不住个老二啦，叫它多快它就得多快。不信你试试。

我就低下头，我说，看你说得难听么你。

他就还笑，他说，你看你，你看你，又不是第一回了你。他说，不发愁，待会儿咱们办了事，我把荷花叫来给你帮忙，啥也误不了。

我说，还得惊动恁些个人么。

他说，糊涂。人来得越多，人们越不能说闲话。他说，院门你插啦？

我说，插啦。

他说，屋门你插啦？

我说，插啦。

他说，那你还等啥呀你。

也不知道满成他这会儿吃饭了没有呢。我说，红盼没有看见你吧？

他就又笑，他说，我能叫她看见吗我。他说，你还等啥呀你。

我说，你没有叫别人看见你吧？

他把手上的烟掐了，他说，就吓死你呀就。都挤在庙里看红火谁还顾上看我呀。

我看看他，我说，也不知道蒲剧团的戏演得咋样，也不知道那个白蛇好看不好看。

他说，好看不好看，来了就知道了。他说，你还等啥呀你。

我就不等了。我就上炕。我就脱衣裳。也不知道满成他今黑夜睡在哪个店里了他。我就闻见他满嘴的烟臭味儿。他的嘴可真臭呀他。他猛一下子猛一下子的，他可真狠他可真快呀他。我就又看见案子上的那块肉了，白是白，红是红的，有肥有瘦，真是块好肉。园子里的韭菜还有呢，满成就爱吃个韭菜馅儿的，我给他多放肉，少放盐。他猛一下子猛一下子的，真狠，真快。

他说，咋样呀你？快不快，快不快呀？我的那神神你倒是说话呀你。

我给他多放肉，少放盐，他就爱吃个韭菜馅儿的。

他猛一下子，猛一下子的，又狠，又快。他就像头疯牛。他说，神神，神神，你倒是说话呀你。

我给他多包几顿，我给他包得香香的，他就爱吃个韭菜馅的。

十

荞麦

我提着布袋伸手一推，后门就开了。我知道她又该跑了她。我就响响地咳嗽两声。一眨眼，她就跑出来了。

她一边跑一边说，你就不能轻些儿么你，你就不能轻些儿么你。她那张脸就吓得雪白雪白的。

我就笑起来。我说，你怕啥呀你怕。满成离㞗的八九十里地呢。他又没长千里眼。

窗户底下这一铺子西番莲长得可真旺实，开得可真好看。开得就像是床大花被子。真想就在这儿把事情办了，也不知道躺在这么好看的一大片花底下干起来是个啥滋味儿，保险能把人美死！满眼睛满身上的都是花，红的、紫的、黄的、白的，嗨呀，保险能把人美死！我就拉过她的手。

我说，翠巧，咱们就在这儿吧。

她就压低了声叫喊，你说啥?

我说，我就想在这花儿底下弄你。

她就像叫开水烫了一样甩开我的手，她一边朝屋里跑一边说，荞麦，你死呀你，你死呀你！你想叫天底下的人都看见呀你。你咋这么不要脸呀你。我才不在大天白日头底下做这种事情呢，我又不是畜生。

她那张脸吓得更白了。我就笑得喘不上气来了。我说，就吓死你呀就。我就爱看她害怕，我就爱看她这张白脸，雪白雪白的，比他妈×的大腿还白。

我说，人比畜生强不到哪儿去，除了会说话，剩下的，都差不多。

她就又站在屋门里压低了声叫喊，你死呀你，你还不快点回屋来，你还想叫村里的人都看见呀你，你是疯了吧你，你是疯了吧你！你再不进来我就关门呀我就！

我把烟卷从嘴上拿下来，我就笑，我说，你有本事你就关吧你，我就站在这儿一直等到天黑，等到张老师和二梁他们来吃饭来。

她就跺脚，她就求我，我的那活祖宗，你快进来行不行呀，你非把我吓死才行呀你。

她冲出来一把揪住我把我拽进门里。我就伸手拧住她的脸。这张脸吓得雪白雪白的，比他妈×的大腿还白！我就把眼泪从这张脸上拧下来了。

我就给她赔笑脸，我说，你看你，你看你，我这不是回来了嘛。耍笑耍笑就把你吓成这样啦，你真是一点儿也耍笑不起。我就把口袋打开了，我说，你看看，你看看，我给你带啥好东西来了。我说，翠巧，给。一半给我们今晚上做几个菜，一半你留着，等满成回来好好给他包几顿饺子吃。

我一提满成她就笑了。不管啥时候，只要我一提满成她准笑。成他妈×的治病的万灵药啦，一吃一个准，没有不管用的时候。你说说这个满成咋就这么让她揪心呀，啊？她就跟我说东道西的。她就跟我躲躲闪闪的。我说话就得算话，我他妈×的总不能白来吧我。

我就催她，那你还等啥呀你。我就还催她，你还等啥呀你。

我就憋足了力气，我就死命地撞进去，我猛一下子，猛一下子的。我叫她，她不理我。我还叫她，她还不理我。我憋足了力气，我死命地撞进去，我猛一下子，猛一下子的。我早晚有一天要在那铺子花底下把你弄了，我他妈×的才不管谁看见呢，谁爱看见谁看见！我躺在那么一大片花儿里头，红的、紫的、黄的、白的，保险能把人美死！

十一

荷花

我一进门我看见那俩人的脸，我就知道荞麦这狗日的今天后晌又到满成家来过了。

这个挨千刀的，他就没有个够，他就没有个完，他不把五人坪的女人都睡了他就不算歇心，他早晚有一天得遭了报应他。我和翠巧在堂屋的灶火上转过来转过去的，把菜一样一样地给他们端过去，冷的、热的、炖的、炒的，摆下满满一桌子。我把锅刷了，我又把锅底子里剩下的水拿糜黍刷子撣干净。

我说，翠巧，加火。我说，翠巧，你就不能把那个狗日的堵在门外头呀，啊？

翠巧就在灶火口上抬起头来，翠巧就红了脸，翠巧说，嫂子，你说啥呀你？

我说，你要是不敢，下回你叫我，我给你堵，我拿把锥子站在门口，看他还敢不敢进你的门。

翠巧说，嫂子，你说啥呀你？我说，葱花儿。翠巧就把葱花儿拿过来。我说，肉片儿。翠巧就把肉片儿拿过来。我说，粉面子水。锅里就哗哗地响成一片。水气迎面扑上来。

我说，你要是愿意，那我的话就算是白说，你愿意那你是活该。

翠巧说，嫂子，你说啥呀你？我说，你就不怕满成知道？她就哭了，眼泪扑搭扑搭地掉下来，她说，嫂子，你说啥呀你？我又没有疯了。

我就不说了。我就炒菜。我说，真是前世造下的孽呀，真是前世造下的孽呀。

我端着盘子进到里屋。我看见他那张大红脸。他没喝两盅脸就红了，一张脸叫酒烧得彤红彤红的，连脖子都给烧红了。你一个教书的，你哪喝得过那两个货呀你。那两个货一个是村长，一个是矿长。那两个货一年得喝三百六十六天的酒。你跟他们比啥呀你。

爸说，人家说啦，人家不能特殊化，人家要自己做饭呢，你就别想啦你，你就没有这个命。爸这话不是对着我说的，爸这话是对着米汤碗说的。爸把米汤碗端起来咕咚喝下一大口，爸的米汤碗就把油灯挡住了，遮挡得窑洞里一片漆黑，爸说，你就别想啦你，你就没有这个命，咱们老赵家的祖坟上就没有这个风水。我当书记也不管用，我当队长也不管用，全都不管用，人家眼里就不看这东西。我就站在灶火跟前浑身抖成一片。我的眼泪就和翠巧的一样扑搭扑搭往下掉。这满桌子的菜不都是我做的吗。你吃我做的菜，也没看见你就特殊成个啥，你不是还是你吗，我不是还是我吗，啊？现在倒是想特殊呢，还特殊个啥呀，两颗白脑袋，还有啥可特殊的呀，啊？哎——做梦吧。爸叫我给你煮了四个鸡蛋，你就要给我一块钱呢，你那时候你可真有钱你可真阔气呀你，供销社收一斤鸡蛋才七毛钱，一斤鸡蛋十二个呢，阔气得你四个鸡蛋就给一块钱，阔气得你就拿我当个卖鸡蛋的，你就不想想哪个卖鸡蛋的大清早就跑到灶房给你烧火做饭呀？你现在你是没钱啦你，你现在你是穷了你，穷得你为了钱来和人一块儿喝酒，你一个教书的，你哪喝得过那两个货呀你。看看你那脸吧，红得成了个关老爷啦。你干脆也别教书啦，你干脆坐到庙里当神神去吧你。

翠巧

他就脱，他就脱，他就拿眼睛当着大伙的面把我的衣裳一件一件地往下脱，他就把我脱得光光的，脱得我一件衣裳也没有了。我又不是畜生，我咋能不穿衣裳光着身子站在这么多人的脸前头呀？我就躲他。他看一眼，我就躲一次。他看一眼，我就躲一次。我就钻在堂屋里忙，我就不叫他看见我。她说，翠巧，你就不能把那个狗日的堵在门外头呀，啊？我吓得浑身直打战，我说，嫂子，你说啥呀你？她说，你要是不敢，下回你叫我，我给你堵，我拿把锥子站在门口，看他还敢不敢进你的门。我说，嫂子，你说啥呀你。她说，你就不怕满成知道？我就哭了，我的活祖宗，我哪敢叫满成知道呀我，叫满成知道了，我还活不活呀我？天爷，叫满成知道我还咋活呀我？她把炒好的肉片盛到盘子里递过来，我就又推给她，我说，嫂子，我不去，我不想看见他那双眼睛，他那双眼睛能把人活吞了。再说还有张老师和二梁呢，我啥事情也没有，我不想叫人看见我哭，我不想叫人看见我瞎瞎猜。我可不想叫满成知道，我和满成过得好好的，我可一点也不想叫满成生气，一点也不想叫满成伤心。她接过盘子送进里屋去。我就坐到了门槛上，我就又看见了那一大铺子西番莲，红的、紫的、黄的、白的，开得可真好看，开得可真旺实。我才不和这个坏种在我的花底下干这种事情呢，他做梦吧他，他一万辈子也别想。要做我也和满成做。只要满成他愿意，只要满成他高兴，他叫我干啥我就给他干啥，我真恨不能死在我满成怀里，我真恨不能给满成死在这花儿底下。也不知道满成这会儿干啥呢，也不知道满成这会儿吃饭了没有，也不知道满成晚上吃的啥？满成满成，我知道我对不起你。满成满成，来生来世我做牛做马报答你。

荷花

他就放下酒杯，他就朝我抬起他那张红脸。他绊着个舌头，他说，荷花，手艺不错，菜做得真香真好吃。

荞麦说，那是，不看看是谁。我姐姐做菜在五人坪挑不出第二个来。二梁说，是哩，是哩，比我煤窑上的大师傅还会做哩。

我说，你少喝个吧。看看你那脸，你能和这两个货比吗你，这俩货是天天泡在酒瓶子里的。

他就笑，他说，反正我也没啥事情，就陪着我这俩学生瞎胡喝几盅吧。他就在村口的老神树底下回过头来，他那张脸也是红红的，他说起话来也是走腔走调的，他说，乡亲们，我还会回来的。我从人堆里挤过去，我拽住老张的胳膊，我说，老张老张，你保险是弄错啦你，你保险是抓错人啦你，他一个老师，他咋能做下这种事情呢他？

我说，老张老张，你要是非抓人不可你就抓走我吧，啊？我求求你啦。老张推开我的胳膊，老张说，荷花，我一个国家公安干部，我得按政策办事，我怎么能随便听一个普通群众的话呢我。老张就拽着那个明晃晃的手铐子把他从老神树底下拉走了。一村子的人都挤在树底下，一村子的人都吓傻了，一村子的人都木木呆呆地立在那儿一句话也说不出来了。陈三爷就一屁股坐在冻得硬邦邦的黄土上，陈三爷把手在冻土上拍得啪啪的响，陈三爷一边拍一边喊，仲银、仲银、仲银呀，你咋这么糊涂呀你……李京生也喊，仲银仲银，你放心，我给你送行李去。我就说不出话来了。我的眼泪就像翠巧一样扑搭扑搭地往下掉。这个死不下的老张，他把他一关就是八年，八年回来啥都变啦，把一个有恁大学问的人活活关得白了头。把一个人的心活活捂成了一个黑窟窿，活活闷成一口死井。爸说，你还等啥呀你？你也不能跟着他一块儿蹲监狱吧你？你就嫁给牛娃吧！就把一个人的心活活闷成了一个黑窟窿啦。荞麦说，哎？翠巧呢？翠巧上哪儿去了？她咋能不给张老师敬杯酒呢她？翠巧翠巧翠巧，你咋这么大的架子呀你，你还不快点给张老师敬杯酒来你！你还想让张老师敬你呀，啊？你还真以为你是庙里的神神啦你？来来来，你不敬张老师，我敬你还不行吗，啊？我说，荞麦荞麦，你歇歇吧你，别灌了两口猫尿就耍浑！

翠巧

他叫我。我不答应。他又叫。我还不答应。他叫，翠巧翠巧翠巧！我就站起身回到里屋。有张老师和二梁在，我不想让他这么张张狂狂的。我不想叫别人瞎猜瞎想的。我就撩起帘来，我说，叫啥呀叫，我又没有死。他说，你来你来，你快来给张老师敬杯酒呀你。我说，我又不会喝酒。他说，我让你敬，没让你喝。他指指窗台，他说，你看看翠巧，那瓶子酒我们不动了，给满成留着。我们喝这个，不喝那个。我倒了一盅。他说，不对，倒双杯倒双杯，喝酒哪有喝单杯的？他说，你也喝，你也喝！满屋子的酒气，满桌子的菜。也不知道满成他吃饭了没有，也不知道满成他吃的啥？我不想让他这么张张狂狂的，我就端起酒杯来，我说，行，我喝。我就把酒一口吞下去。立时就烧出我两行眼泪来。他就笑，他就叫，嗨呀嗨呀，真是不尿行，一盅酒倒他妈×的烧成这个样啦！她在一边拉我，她说，翠巧翠巧！你听他的，你又不会喝，你死呀你？我上哪死去呀我，真要死了倒痛快倒省心了。

荷花

我不叫他喝他就不喝了。他放下酒盅。他说，不行了不行了，头昏了头昏了。他说，荞麦，二梁，你俩喝吧，我不行了。他把那双鞋垫叫荞麦拿回来了。荞麦说，姐，张老师说了，张老师说叫你多学学文化，别老做这针线活儿，张老师说这鞋垫尺寸不对他用不上。我气得直打战，你小看人，你爱用不用！我一个十七八的大闺女咋能和娃娃们挤在一块儿念书呢。你不嫌丢人，我还嫌丢人哩。荞麦说，姐，姐，你哭啥呀，你咋哭啦你？我说，去去去，一个娃娃家啥你也想问。荞麦说，姐，要不你把它改改，改小了我能用，你看你绣得多好看哪。我一把抓过鞋垫就扔进灶火里了，我自己的东西，我谁也不想叫你们用。

荞麦说，姐，姐，你咋把好好的鞋垫给烧啦。我说，去去去，我想烧啥烧啥，用你管？荞麦说，姐，给我盛点水洗洗脸吧，张老师说我不干净，张老师叫讲卫生哩。我就给他盛了水，我就把他的脸按到水里，我说，洗吧洗吧洗吧，叫你那张老师看看你有多好看。他就叫，姐，姐，你把我洗疼啦你。

荞麦说，行啦，张老师不喝就不喝吧。二梁，咱弟兄俩还得喝。来，叫翠巧陪着你喝！翠巧翠巧，你倒酒呀你！来来来，两——好，魁五魁五，八仙八仙，四季财呀，全来了啊，喝喝喝，翠巧翠巧，你倒酒来呀你，咋啦你，还得给你跪下磕头呀，啊？翠巧翠巧翠巧！我把酒瓶子夺过来，我说，你少给我撒疯吧你。谁也不许再喝了！

翠巧

他的手又热又黏，他抓住我的手揉搓过来揉搓过去，他说，翠巧翠巧，你倒酒呀你！

我就把手抽出来，又热又黏的真腌臜。我就使劲在衫子上蹭，我就使劲在衫子上蹭，蹭得我手都疼了我。她一把抢过酒瓶子，瓶口朝下咕嘟咕嘟把酒都倒在地下了，酒哗哗地洒了一地，满屋子都是冲人的酒气。我就使劲蹭，我就使劲蹭，蹭得我的手都疼了我。她说，翠巧，你走吧你，别让他在这发酒疯。我走到院子里，我看见满天都是星星，我看见满天的星星在水里流过来流过去的，我就喘不上气来了，我就一个星星也看不见了。

第二章

张仲银

荞麦说，张老师，你不来哪能行呢。你要是还想盖新学校，今天这顿酒你就得喝。喝了这顿酒，盖学校的钱就有办法了。你这是为人民群众喝酒，你这是为党的教育事业喝酒，你这是为五人坪的子孙后代喝酒，你说这酒你能不喝吗？

我就笑了。我就跟他走。我就喝酒。荞麦说，老师，我敬你头一杯。二梁说，我也敬杯。荞麦说，老师我敬你第二杯。二梁说，我也敬第二杯。荞麦说，老师，敬你三杯酒，才能轮我们做学生的喝。

我就喝。我就喝。我就喝。毛主席说，“问讯吴刚何所有，吴刚捧出桂花酒”。毛主席说，“把酒酹滔滔，心潮逐浪高”。李京生和刘平平都不在了，都走了，他们不可能看见我为党的教育事业喝酒，不可能看见我为五人坪的人民群众和子孙后代喝酒了。

“别梦依稀咒逝川，故园三十二年前。”

不可能，根本就不可能。“黄鹤知何去？”

当然知道啦。黄鹤都飞走了，都飞回北京去了。北京是中华人民共和国的首都，北京是毛主席生前工作和生活的地方。毛主席活着的时候北京是首都，毛主席死了，北京还是首都，首都当然好啦。毛主席死了。北京落满了黄鹤。从北京飞出来的小黄鹤飞遍全国各地，小黄鹤长大了又都飞回北京去了。中华人民共和国的首都现在落满了黄鹤。就剩下我一个人在五人坪。还是我一个人。原来就是一个人，现在还是一个人。

“三十八年过去弹指一挥间”，不管多少年都是一个人。“已是黄昏独自愁，更著风和雨”，不管多少黄昏多少风雨，也都是一个人。世世代代一个人，千百年来一个人，“前不见古人，后不见来者”。但是见到了那块石头。孩子们不知道那块石头就是历史，孩子们在石头上跑来跑去。我也不知道，我也在历史上跑来跑去。

后来一场大雨把石头冲出来，历史才历历在目：

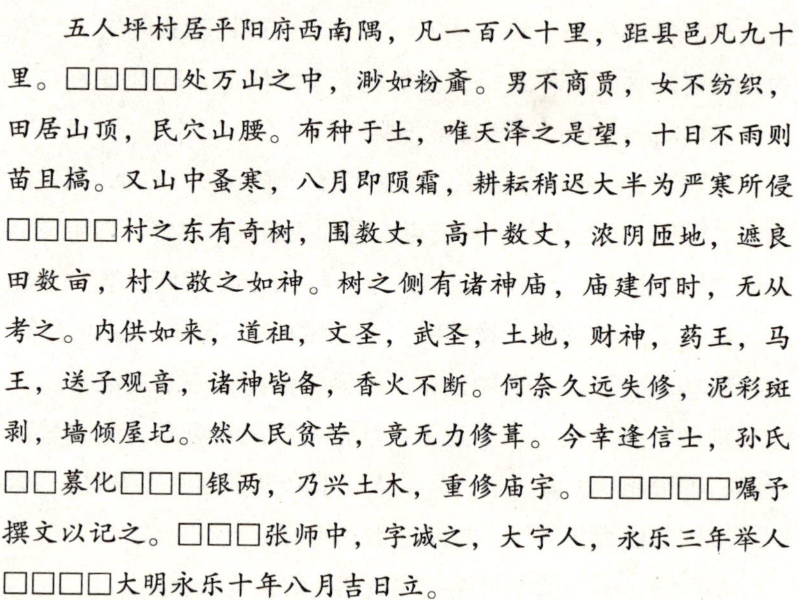

五人坪村居平阳府西南隅，凡一百八十里，距县邑凡九十里。□□□□处万山之中，渺如粉畲。男不商贾，女不纺织，田居山顶，民穴山腰。布种于土，唯天泽之是望，十日不雨则苗且槁。又山中蚤寒，八月即陨霜，耕耘稍迟大半为严寒所侵□□□□村之东有奇树，围数丈，高十数丈，浓阴匝地，遮良田数亩，村人敬之如神。树之侧有诸神庙，庙建何时，无从考之。内供如来，道祖，文圣，武圣，土地，财神，药王，马王，送子观音，诸神皆备，香火不断。何奈久远失修，泥彩斑剥，墙倾屋圮。然人民贫苦，竟无力修葺。今幸逢信士，孙氏□□募化□□□银两，乃兴土木，重修庙宇。□□□□□嘱予撰文以记之。□□□张师中，字诚之，大宁人，永乐三年举人□□□□大明永乐十年八月吉日立。

我把碑文抄在笔记本上，和它每天相望。我把历史变成现实，我把石头变成思想，我不认识这个张师中，就像他不认识我一样，就像我不认识团中央委员邢燕子，我不认识瓦尔瓦拉·瓦里里耶夫娜一样。是呀，一个大明永乐三年的举人，怎么能认识中华人民共和国的人民教师张仲银呢。可是，毕竟我们都姓张，毕竟我们都认识方块字，一个举人和一个师范毕业生虽然不可同日而语，但我们毕竟都会变成或者已经变成石头。张师中已经变成了石头，张仲银也将会变成石头。到头来，总会有孩子的脚步在石头上噼噼啪啪地跑来跑去。

是呀，是呀，“弹指一挥间”。是呀，是呀，“一万年太久”“一万年太久”，“故园三十二年前”。黄鹤都飞走啦，黄鹤都飞走啦。只剩下张仲银，只剩下荞麦和二梁，只剩下荷花和翠巧。我们才是世世代代呢。我们才是石头，我们才是历史。我们才是世世代代的张师中。

“字诚之，大宁人，永乐三年举人，大明永乐十年八月吉日立。”那时候也不知道是不是方圆几十里只有他这一个识字儿的先生。团中央委员邢燕子肯定是识字的，肯定是有文化的，也不知道邢燕子她结婚了没有，邢燕子要是没结婚可就好啦，邢燕子肯定不像她，除了做针线活什么都不会。可是邢燕子说不定也是只黄鹤，也飞到北京去啦。“然人民贫苦，竟无力修葺。”

“我们共产党和共产党所领导的八路军、新四军，是革命的队伍。我们这个队伍完全是为着解放人民的，是彻底地为人民的利益工作的。”张仲银同志就是我们这个队伍中的一个同志，仲银同志是为人民利益而死的，他的死是比泰山还要重的。为了五人坪的人民群众喝酒，为了五人坪的子孙后代喝酒，就比泰山还重。张仲银烈士永垂不朽！吕梁英烈。教师楷模。人民的好儿子。团中央委员邢燕子。乡村女教师瓦尔瓦拉·瓦里里耶夫娜。牛娃的老婆荷花。满成的媳妇翠巧。二梁和荞麦都没有带媳妇来。他们和我不可同日而语。他们都有媳妇他们只是没有带来。我是没有媳妇，我是根本就没有媳妇，没有什么可带的。毛主席说，“外因是变化的条件，内因是变化的根据”，内因是决定性的因素是必然，外因是辅助性的因素是偶然。“鸡蛋因得适当的温度而变化为鸡子，但温度不能使石头变为鸡子”。但是必然和偶然是相对的，是可以转化的。一只鸡蛋在一定的条件和矛盾的斗争中也有可能孵不出小鸡来。这个条件就是适当的温度。我本来是一只很好的鸡蛋，我本来是完全可以有媳妇完全可以孵化出好几只小鸡来的。我既是一只好鸡蛋，又遇到了相当高的温度。但是，我最终还是没有孵出小鸡来，我这个鸡蛋最后还是变成了一块石头。任何一只鸡蛋被关在铁窗之中两千九百二十天，它最终只能变成一块冰冷而坚硬的石头。

“五人坪村居平阳府西南隅，凡一百八十里，距县邑凡九十里□□□□处万山之中，渺如粉奁，男不商贾，女不纺织，田居山顶，民穴山腰。布种于田，唯天泽之是望，十日不雨则苗且槁。”二年不雨则颗粒无收，颗粒无收则无以为生，无以为生则聚众祈雨，十里八乡接踵而至，焚香跪拜，杀牲上供，吹打唱戏，取乐龙神。天何晴晴，日何彤彤，天地不仁，竟以百姓为刍狗。

种子是内因，种子是必然，但是种子的发芽和生长是需要雨水的滋润的，没有雨水种子也就变成了泥土。“雨露滋润禾苗壮，干革命靠的是毛泽东思想。”是的，是的，有一种“然”，远远超过了偶然和必然。正是这种“然”使得我这个鸡蛋最终变成了石头。正是这种“然”使我在得到铁窗的同时，却也永远失去了适当的温度。一颗原本很好的鸡蛋，一粒原本很好的种子，一个师范学校毕业生，一个团中央委员邢燕子和乡村女教师瓦尔瓦拉·瓦里里耶夫娜的崇拜者，在平阳府西南隅凡一百八十里处，在距离县城九十里的万山之中，变成了一块石头，变成了一把黄土，变成了张师中，变成了历史，变成了孩子脚下毫无所知的啪啪踩踏的铺路石。“我们共产党人好比种子，人民好比土地。我们到了一个地方，就要同那里的人民结合起来，在人民中间生根、开花。”种于土，唯天泽之是望，十日不雨则苗且槁，八年不雨则颗粒无收，八年不雨则种子变成了泥土，则种子变成了人民。人民是土地。人民是石头。人民是历史。

黄鹤不是种子，黄鹤是一种会飞翔的鸟类，是一种候鸟。关于候鸟的词条解说得是很清楚的，候鸟，随季节不同作定时迁徙而变更栖居地区的鸟类。而土地是不能迁徙和变更的。所以，黄鹤们就都飞回了中华人民共和国的首都北京，而土地和石头就留在了平阳府西南隅一百八十里的万山之中。

“然人民贫苦，竟无力修葺。”关于这一点，只有我和大宁举人张师中才会理解。

尽管永乐十年距今五百八十四年，但是，十八年前我把这些碑文抄写到我的笔记本上的时候，我已经和张师中心领神会。时间只在你经历它的一瞬间存在，此前和此后都无所谓时间。关于这一点我和张师中也是心领神会的。一种飞来飞去的鸟类是很难理解什么叫时间的。十八年前已经没有了“文化大革命”，没有了伟大的导师伟大的领袖，没有了陈三爷，没有了李京生、刘平平。“秦皇岛外打鱼船，一片汪洋都不见。”只剩下人静如土，心冷如石的张仲银。只剩下中华人民共和国师范学校毕业生张仲银，和大明永乐三年举人张师中。那一场大雨是一次天启，那一场大雨揭示了历史的谜底。

“奈何久远失修，泥彩斑剥，墙倾屋圮。然人民贫苦，竟无力修葺。”历史只把谜底留给了土地和石头。飞来飞去的黄鹤是看不见谜底的。中华人民共和国的首都也是没有谜底的。首都只有王府井百货大楼，只有高速公路，只有立体交叉桥，只有霓虹灯，只有荧光闪烁的电视屏幕。历史从来不把自己的谜底留给只适合候鸟居住的都市。奈何久远失修，泥彩斑剥，墙倾屋圮。然人民贫苦，竟无一人识字，方圆几十里内，只有一个师范学校的毕业生，只有一个张仲银在一场大雨之后，与大明举人张师中骤然相遇。前不见古人，后不见黄鹤，“念天地之悠悠，独怆然而涕下”。君不见，黄土头，种子入土八年而滴雨不落，整整八年，两千九百二十天，天天唯天泽之是望，夜夜“浮想联翩，夜不能寐。微风拂煦，旭日临窗”。遥望北京，望眼欲穿。埋藏在黄土里的石头是一个必然，那一场大雨是一个偶然，必然和偶然在那一瞬间的相遇，显现了石头，显现了历史，显现了孩子们噼噼啪啪的脚步声。是的，是的，我又回来了，在经历了两千九百二十个日日夜夜之后，我又归于土地，我又归于石头，我又归于孩子们噼噼啪啪的无知无觉的踩踏。我无处可飞，无处可去，我只有“零落成泥碾作尘”，我只有变成石头和黄土。男不商贾，女不纺织。我只能为五人坪的人民群众喝酒，我只能为五人坪的子孙后代喝酒，我不喝酒，新建学校就永远只能是空谈，永远只能是说来说去的一个空话题。然人民贫苦，竟无力修葺。我必须得喝酒，我一定要喝，我喝酒完全是“忠诚党的教育事业”。我喝酒完全是造福子孙后代。

荞麦说，老师我敬你一杯。我就喝。

二梁说，老师我也敬你一杯。我就喝。

“把酒酹滔滔，心潮逐浪高。”“黄鹤知何去？剩有游人处。”黄鹤不识愁滋味，唯余仲银独自酌。这些诗他们都记不住，他们都不是好学生，即使是记住了一两句，他们也不能理解其中的深意。是呀，是呀，方圆几十里之内只有一个识字儿的先生。“举杯邀明月，对影成三人”，三人者，张仲银、赵荞麦、刘二梁之谓也。“我欲因之梦寥廓”，万山之中一石碑。赵荞麦、刘二梁都不是好学生，他们一句诗也记不住。但是他们一个是村长，一个是矿长。和村长和矿长喝酒是可以喝出钱来的。荞麦说一棵摇钱树，你必须得会摇它，摇得好，它才给你往下掉钱呢。“僧是愚氓犹可训”，学生反来训先生。“火树银花不夜天，……歌声唱彻月儿圆”，道士祈雨弹管弦，“呕哑嘲哳难为听”。

是呀，是呀，这就是人民。人民就像父母一样是一种先天的存在，他是无可选择也无可挑剔的存在。历史就是人民。人民就是历史。“人民，只有人民才是创造世界历史的动力”。但是，人民也是土地，土地是永远不会移动永远不会迁徙的。布种于土，唯天泽之是望，十日不雨则苗且枯，两年不雨，则颗粒无收。颗粒无收则人民贫苦，人民贫苦，则无力修建学校。

“何以解忧？唯有杜康”，八匹马，六六顺，全来到，快喝酒。杯中自有人民币，杯中自有新校舍。举杯邀明月，对影成二人。二人者，张仲银、张师中之谓也。张师中为五人坪重建庙宇，张仲银为五人坪新建学校，文化的火种乃因此而传之久远。“天将降大任于斯人”，我到五人坪是传播文化知识来的。手持铜铃，嘴吹口琴，肩负重任，身背教材，于万山之中徒步九十里，走过绿荫滔滔的老神树，走进五人坪古老的土地。来到五人坪吃的第一顿饭就是饺子，就是荷花给我做的。在五人坪没有团中央委员邢燕子，也没有乡村女教师瓦尔瓦拉·瓦里里耶夫娜，只有荷花。荷，植物名，亦称莲。睡莲科，多年生水生草本。夏季开花，淡红或白色，单瓣或重瓣，性喜温暖湿润，原产印度。万山之中一荷花。是呀，多年生水生草本植物，怎么能够生长在干旱的黄土高原上呢。她当然没有见过，她此生此世根本就没有任何可能见到荷花。一个人取名荷花却又终生不可能见到荷花，这真是莫大的悲哀。一个人有莫大的悲哀而又不能自知，这真是悲哀中的悲哀。

性喜温暖湿润的水生草本植物，错误地开放在终年干旱的万山之中，错误地开放在平阳府西南隅，凡一百八十里处，开放在田居山顶，民穴山腰，八月陨霜，十年九旱的吕梁山上。这朵错长的荷花，注定了自己一生的悲剧。她连一次真正的开放也不曾有过。

“驿外断桥边，寂寞开无主。”终其一生，她连这样的悲哀也不会有的。她本该有她自己的生活。她很快就有了主，她的主就是她的丈夫牛娃，牛娃很快把她变得像一个籽粒饱满的莲蓬，一颗一颗的莲子从她的肚子生出来，她就变成了绣在布上的干瘪的图案啦。一朵不识字、不学习、没文化的荷花，是与邢燕子和瓦尔瓦拉·瓦里里耶夫娜不能相提并论的，是有天壤之别的。来到五人坪的第一顿饺子是一个过分热情的邀请，是一朵荷花希望在石碑上开花结果的错误的邀请。

三十一年前“美目盼兮，巧笑倩兮”。三十一年后，两鬓苍兮，儿孙绕兮。一朵不识字、不学习、没文化的荷花，既不是邢燕子，也不是瓦尔瓦拉·瓦里里耶夫娜。一朵不识字、不学习、没文化的荷花，是不可能“出淤泥而不染，濯清莲而不妖”的。一朵不识字、不学习、没文化的荷花，只能生之于土，归之于土。世世代代，生之于土；世世代代，归之于土。千百万人生之于土归之于土，千百万年生之于土归之于土。乃有莽莽苍苍的黄土高原千里横陈。乃有百丈黄土对于历史无声无息的埋葬。诸神皆备，香火不断。奈何久远失修，泥彩斑剥，墙倾屋圮。奈何荷花凋零，成泥成尘，生之于土，归之于土。生之于民，归之于民。乃有“六亿神州尽舜尧”，乃有十亿神州尽黄土。

荞麦拿来的鞋垫尺寸不对，一双尺寸不对的鞋垫是不能使用的，尽管那上边有荷花有绿叶也有金鱼。我希望在教室最后一排的座位上，看见一朵盛开的荷花，可是我没有看见。我看见的是端来一碗饺子、拿来一双鞋垫的荷花。民风不可谓不淳朴。男不商贾，女不纺织。可在淳朴之中却也往往有曲折的目的。在一件由谁来做饭的小事中，却也埋藏着对一桩婚姻的设计。我是人民教师，我是来传播文化知识的，我不是来传宗接代的。何况荞麦是那么的不卫生，他把鼻涕抹到脸上，又从脸上抹到袖子上，一个学生是不能不讲究卫生的。一个有文化有知识的人是不能不讲究卫生的。她首先应该把荞麦的脸洗干净，她首先应该帮助荞麦把卫生搞好。一双退回的鞋垫应当物尽其用，而不应当放进灶火里当柴烧。人民贫苦，就更应当懂得珍惜东西，就更应当注意节省。荞麦虽不是个好学生。但荞麦是个听话的学生。荞麦对于老师无话不谈忠心耿耿。如果她能像荞麦一样听话，坐到教室的最后一排读书认字，而不是只在家里做饭绣花，历史也许将会是完全不同的结局。

也许在平阳府西南隅，凡一百八十里处，也许在万山之中的五人坪，将会培养出自己有史以来的第一个有文化的女人。也许五人坪将会出现一个自己的邢燕子，出现一个自己的瓦尔瓦拉·瓦里里耶夫娜。出现一个自大明永乐十年以来的奇迹。那样就不会有黄鹤飞来，也就不会再需要黄鹤飞来。那样，面对石头和历史的就将不会是我孤零零的一个人。那样，面对石头和历史的将会是一个男人和一个女人。也许，还应当有几个因温度适当而孵化出来的小鸡。那样，一颗种子将不会因为八年无雨而化为泥土。那样，这颗种子将“在人民中间生根、开花”。

“我欲因之梦寥廓，芙蓉国里尽朝辉。”“抽刀断水水更流，举杯消愁愁更愁。”是呀，是呀，必然就是这样错过了偶然。鸡蛋就是这样错过了温度。种子就是这样错过了天泽。水生植物就是这样错过了源泉。张仲银就是这样错过了荷花。荷花就是这样错过了邢燕子和瓦尔瓦拉·瓦里里耶夫娜。历史就是这样错过了黄土，黄土就是这样错过了石头。我就是这样永远错过了温度和雨水。她就是这样永远错过了盛开。呜呼——哀哉——！“独怆然而涕下”！“独怆然而涕下”！“天将降大任于斯人”兮，天又何将温度和雨水错过？“一怀愁绪几年离索，错，错，错。”“天将降大任于斯人”兮，天又何派黄鹤来搅乱了偶然和必然？“天将降大任于斯人”兮，天又何囚我于铁窗整整八年？“中国古时候有个文学家叫作司马迁的说过‘人固有一死，或重于泰山，或轻于鸿毛。’”张仲银同志是为人民利益而死的，他的死是比泰山还要重的。人民教师张仲银同志千古！人民教师张仲银同志不死！“星星之火可以燎原”！

星星之火原本可以从平阳府西南隅，凡一百八十里处，“唤起工农千百万”，然后烧遍莽莽吕梁。人民教师张仲银用了两天时间，徒步行走九十里山路，终于走进五人坪古老的土地，终于走进吕梁千山万壑的平静与孤独之中。这是从都市飞来的黄鹤们永远不可能理解的孤独。这是李京生、刘平平们永远不可能体会的孤独。一粒种子之所以发芽，一只小鸡之所以破壳，一星火种之所以燃烧，一颗流星之所以纵身跳下万丈深渊，那都是因为他们渴望挣脱古老而平静的孤独。那都是因为超乎了所有偶然必然的内心的渴望。这渴望会蓬勃而出。这渴望会喔喔长鸣。这渴望会熊熊而起。这渴望会骤然照亮黑暗的夜空。毛主席说，“成千成万的先烈，为着人民的利益，在我们的前头英勇地牺牲了，让我们高举起他们的旗帜，踏着他们的血迹前进吧！”人民教师的职责就是给人民带来觉悟的火种。

“啊，毛毛雨”算是一种什么东西？尽管有八个农民扮装成道士，尽管有八件乐器在声嘶力竭地吼叫，可这没有灵魂的东西们碰撞出来的噪音，除了刺激耳膜而外，还是刺激耳膜。一只口琴的嗡嘤之声尽管显得孤独而单薄，但那却是一个心灵在静静地燃烧。《北京有个金太阳》，毛主席在北京，北京当然有个金太阳。金色的阳光越过千山万水，照亮了一颗古老而平静，年轻而孤独的心。照亮了一个二十岁的灵魂。照亮了平阳府西南隅，凡一百八十里处，照亮万山之中，渺如粉齑的五人坪村。苍凉荒远莽莽无涯的吕梁被这一抹遥远的金光所温暖所照亮。一个二十岁的灵魂被这一抹遥远的金光所吸引所召唤。北京有个金太阳，“天安门上太阳升，伟大领袖毛主席，带领我们向前进。”古老而平静的孤独在万山之中静静地燃烧。当所有的红色袖标，随着季节的寒冷而纷纷飘落，纷纷变成了孩子们抹鼻涕的手绢的时候，那个唯一的红袖标就成了五人坪最后的一面旗帜，就成了五人坪最后一颗不灭的火种。

我把莽莽吕梁所有的古老，我把千山万壑所有的寂静，我把古往今来所有的孤独，装进一颗二十岁的心。我带着这颗装满了古老、寂静、孤独的心，毅然前行。“向前进，向前进，战士的责任重，妇女们冤仇深。”当寒风吹落了袖标，当秋雨洗掉了标语，当冬雪埋葬了会场，在这个破败的村庙里只留下了一个人的独舞和独唱。永远也不会有人知道，永远也不会有人看见，永远也不会有人听见，莹莹的雪地上总是留下一行孤独的脚印，冷冷的四壁之间总是响起一只细如蚊声的口琴，吱呀作响的木门总是把一双渴望行走的脚关在古老的门槛里边。

吕梁沉寂无语的大地，亘古不变的群山囚禁着一个渴望燃烧的灵魂，囚禁着一个二十岁的生命。“一个声音高叫着：爬出来吧——给你自由！”“人怎能低下高贵的头？”“我愿，愿把这牢底坐穿！”赵万金自始至终都没有了解这一切，赵万金自始至终都没有理解我来到五人坪的意义。赵万金以为五斤鸡蛋十斤白面，可以安慰一个人的孤独和渴望。赵万金以为五斤鸡蛋十斤白面可以换取历史的平静。然人民贫苦，竟无力修葺。贫苦在给了人贫苦的同时，往往也剥夺了人的精神和灵魂。这是赵万金们自始至终都不能自觉的痛苦。他不明白，当一个婚姻的计策不能改变这个痛苦的时候，五斤鸡蛋十斤白面的支出只有加深这个痛苦的深渊。荞麦和红盼们也不理解这一切，孩子唯一的恐惧是怕被人抛弃。他们不知道一个邢燕子和乡村女教师瓦尔瓦拉·瓦里里耶夫娜的崇拜者，正是为了他们才来到这万山之中的五人坪，他徒步行走九十里的每一个脚印都可以为他作证。那张外出参加大串联的声明，是人民教师决心把他们带出黄土，带出古老的宣言书。

他们和他们的父母一样，只是因为恐惧才来阻挡他们的老师。他们站在恐惧的深渊里，战战兢兢地盼望着五斤鸡蛋十斤白面的交易，可以挽留自己的老师，他们盼望着老师可以和他们一起永远地留在古老的黑影里，和他们一起分担恐惧。他们不明白恐惧是一种不可以分担的东西，恐惧每一次的分割都是对恐惧的扩大，恐惧每一次的分担都是对恐惧的加重。但是孩子们黑亮的眼睛最终还是锁住了那扇咯吱作响的破旧的木门。我和他们一起，把用五斤鸡蛋十斤白面包出来的恐惧分食而光。我又和他们一起把自己咯吱作响地囚禁在破败的村庙里。

“奈何久远失修，泥彩斑剥，墙倾屋圮。然人民贫苦，竟无力修葺”。在这座没有了神像，没有了牌位，没有了彩图和对联的破败的村庙里，只留下人民教师张仲银无以倾诉的孤独和冷寂。只留下人民教师张仲银一个人面对长夜，面对月光，面对黄土，面对石头，面对历史，面对渴望，面对四壁，面对自己，面对一只口琴，和一只口琴细如蚊声的独唱。人民教师张仲银在那个冷寂的冬夜，把北京的金太阳温柔地领进自己寒意弥漫的心房。“北京有个金太阳”“天安门上太阳升”。

人民教师张仲银在那个冷寂的冬夜，吞下孩子们和乡亲们无数的恐惧，一个人独处荒山野庙，用孤独锤炼恐惧，用恐惧锤炼孤独。“苏武留胡节不辱，雪地又冰天，苦忍十九年。”“红军不怕远征难，万水千山只等闲。”“中国古代有个寓言，叫做‘愚公移山’。说的是古代有一位老人，住在华北，名叫北山愚公。他的家门南面有两座大山挡住他家的出路，一座叫作太行山，一座叫作王屋山。愚公下决心率领他的儿子们要用锄头挖去这两座大山。”“五人坪村居平阳府西南隅，凡一百八十里，距县邑凡九十里。□□□□处万山之中，渺如粉齑。”然人民教师张仲银决心于万山之中，决心于粉齑之地，燃起星星之火。

这是我和大明举人张师中的不同之处，他只用狼毫毛笔书写历史，而我却要用生命改变历史。这也是我和黄鹤们的不同之处。他们只是因为季节的变化迁徙而来的，他们也还会因为季节的变化迁徙而去。我和他们有天壤之别。我将生于斯，长于斯，死于斯。我命中注定属于黄土，属于石头，属于人民，属于历史。“路漫漫其修远兮，吾将上下而求索。”

在这古往今来的千年的囚禁中，陈三爷的黄裱纸不过是一个小小的插曲。陈三爷到底不是张师中，陈三爷到底不是张仲银。陈三爷既不是大明举人，也不是中华人民共和国的人民教师，陈三爷在老神树上荒唐的表演，只是对于历史的误会和恐惧，只是对于误会和恐惧的惊慌失措的遮掩。目不识丁的陈三爷根本就不可能书写历史，根本就不可能解释历史，也更不可能改变历史。老张也根本不懂得人民群众的真正的需要是什么。他的全部价值全部威严全部冷酷全部智慧加在一起，也不过就是从铁铐到铁窗。他以为只有高墙四围才能实现他的全部力量，他以为只有高墙四围才算是对人的囚禁，他根本不可能懂得什么叫作古往今来的千年囚禁。他根本不可能懂得千年囚禁都关不住的一颗心，铁窗和四壁围墙将是形同虚设。恐惧只属于恐惧者，献身是献身者的旗帜。我渴望的是燃烧是熊熊的燃烧。毛主席说“严重的问题是教育农民”。但是在李京生和刘平平的眼里，严重的问题竟是一双方口鞋。他们从毛主席的身边来到这里，他们从北京首都来到这里，他们从天安门广场来到这里，他们当然不可能理解人民贫苦。对于五百八十四年前大明举人张师中不言而喻的一切，对于人民教师张仲银不言而喻的一切，黄鹤们是永远也难以理解的。本来是命中注定的应该由我来带领五人坪走出黄土，走出历史。

尽管我的脚上穿的是一双方口鞋，尽管鞋的里面是一双粗布袜，尽管这两只人民教师的脚拒绝了一双由一个农村妇女绣制的鞋垫。但是这个命中注定的历史使命也还只应当是我的。是我一个人的。是“天将降大任于斯人”，而不是天将降大任于黄鹤。对一双方口鞋的嘲笑和蔑视，就是对于人民和历史的嘲笑和蔑视。

但对于一双绣花鞋垫的拒绝，却恰恰是对于一种使命的承担。黄鹤们不理解这中间根本的差别，黄鹤们不理解这一种天壤之别。黄鹤们以为他们来了，首都就来了，天安门广场就来了，五星红旗也就来了。土地和石头都自然而然地会变成面粉和积木，可以让他们任意塑造和摆放。历史也就自然而然地会从石碑上剥落，变成他们脸上骄傲的笑容。不会的，不会的。“假做真时真亦假”。黄河毕竟东流去。黄鹤是一种候鸟。候鸟，是一种随季节不同作定时迁徙而变更栖居地区的鸟类。当黄鹤飞回北京，当黄鹤落满了中华人民共和国的首都的时候，历史在平阳府西南隅，凡一百八十里处，在万山之中，渺如粉奩的五人坪显现了。

人民教师张仲银“戴镣长街行，告别众乡亲”。五人坪的人民和黄鹤簇拥在老神树下目送英雄远去。黄鹤们不能理解的，人民也不能理解。但是，人民教师张仲银却能刻骨铭心地理解。他眼看着腐朽化为神奇。他眼看着亘古不变万年沉默的群山，被自己所召唤，被自己所驱赶着在眼前蠕动，在眼前迈步行走起来。陈三爷的号啕，是黄土在号啕，是石头在号啕，是历史在号啕，是大明永乐三年举人张师中在号啕，是莽莽吕梁在号啕。历史在号啕的大风中翻天覆地。千万年的掩藏，百丈黄土的埋葬，在号啕的大风中飘散而去，刹那间暴露出谜底。“国际悲歌歌一曲，狂飙为我从天落。”

陈三爷满嘴喷射的金黄，老张满额头的无动于衷，荷花满腮的滚滚泪珠，黄鹤们满眼的不解和惊讶，村民们满脸的恐惧和木然，都被这号啕的大风催枯拉朽般地扫荡而去，变得无足轻重，变成一片空白。村口的老树可以为我作证，“□□□□村之东有奇树，围数丈，高十数丈，浓阴匝地，遮良田数亩，村人敬之如神”。“大风起兮云飞扬，安得猛士兮守四方。”大风起兮云飞扬，今有勇士兮赴铁窗。人民教师张仲银烈士永垂不朽！人民万岁！黄土万岁！石头万岁！吕梁万岁！无产阶级文化大革命万岁！伟大领袖毛主席万岁！万万岁！

大明永乐三年举人张师中可以为我作证。面对着这个奇迹，那张黄裱纸和黄裱纸上的蝌蚪文显得黯然失色。面对着这个奇迹，那个被陈三爷念念不忘的，光绪三十一年，1905年，在老神树下显现的神迹，也同样显得黯然失色。历史在此做出的不是重复，而是“天翻地覆慨而慷”！此时此刻，人民教师张仲银目视远方，昂首阔步，“戴镣长街行，告别众乡亲”。此时此刻，人民教师张仲银向黄土走去，向历史走去，向石头走去，向铁窗走去，走上刻骨铭心的纪念碑。

荞麦说，二梁，今天当着老师的面，你说说吧你，张老师要盖新学校，你说你这个开煤窑的财主给捐多少钱？二梁就笑，二梁说，我就知道这酒不能白喝，我就知道我。二梁说，张老师，我捐，我捐钱，你得喝了这三盅酒。我就喝。我就喝。我就喝。“五花马、千金裘，呼儿将出换美酒，与尔同销万古愁。”我就喝。我就喝。我就喝。“今幸逢信士，孙氏□□募化□□□银两，乃兴土木，重修庙宇。□□□□□嘱予撰文以记之。”我就喝。我就喝。我就喝。杯中自有人民币，杯中自有新校舍。人民教师张仲银为党的教育事业喝酒，为五人坪的人民群众喝酒，为五人坪的子孙后代喝酒。鞠躬尽瘁死而后已。

“今后我们的队伍里，不管死了谁，不管是炊事员，是战士，只要他是做过一些有益的工作的，我们都要给他送葬，开追悼会。这要成为一个制度。这个方法也要介绍到老百姓那里去。村上的人死了，开个追悼会。用这样的方法，寄托我们的哀思，使整个人民团结起来。”人民教师张仲银同志永垂不朽！我就喝。我就喝。我就喝……

第三章

一

赵万金

她倚在被子上一脑袋的乱头发，她就哭，她就哭，她就抽抽噎噎的哭得上气不接下气的。我给她整整被子，叉开手指头给她捋捋头发。她就推我，掐我，拧我，打我。我不理她，由她打，由她掐，由她拧。她就不打了，她就抱住我的胳膊哭。哇哇呀呀的跟我诉苦。我就又叉开手指头给她捋捋头发，我说，行啦，行啦，我都知道啦。

我把胳膊抽出来跪在炕上，我把碎碗碴子一片儿一片儿捏起来，一边捏一边跟她叹气你说你咋这么大的气性呀你。你一个哑巴瘫在床上，还这么大的气性，你不是给自己找罪受吗，啊？你不是自己熬煎自己吗，啊？人家都是死了才下地狱，才上阎王爷那下油锅、上刀山呢，你可好，你他妈×的天天叫自己上刀山，天天叫自己下油锅，你就不难受，你就不害怕，你就真熬得住呀你？不就是要喝口水吗？我早起临走不是都喂你喝了一碗了？你就这么渴？

我还托人家张老师来看过你，人家仲银说给你倒水你不喝么。真是成了怪物啦，别人倒的水就咋啦？就苦？就有毒？就不能喝？我倒的水就甜？就好喝？你真是活成个小孩儿啦。你渴，你也得等等我呀。你老伴儿不在家，你哪能发这么大的脾气呀？你老伴不在家，人家就是你的阎王爷，人家就是你的扫帚星，人家就是你的活奶奶。你和你儿媳妇斗了这些年啦，活活斗成了仇人，活活斗成了猫和老鼠啦。原来你是猫，现在你往炕上这么一瘫，你就成了个瘫老鼠啦你，你就赌等着人家红盼欺负你作践你吧，你早一天死，就是你早一天的福气。你还这么不懂事，你还这么大的气性。你比人家张老师比人家仲银的气性还大，你比人家仲银还骄傲自满。仲银要是不这么骄傲自满他能住监狱吗他？你说你一个好好的老师你不好好的教书，你非要认了那个案子干啥呀你？你看不起我荷花就看不起吧，你也不能看不起人家公安局呀！公安局是啥地方，公安局就是他妈×的阎王殿！公安局就是他妈×的下油锅上刀山的地方。你替陈三爷认了案子，你替陈三爷下了八年的油锅，你不是白白地自己给自己找罪受，你不是白白地熬煎了自己八年呀你？你下八年的油锅你也是白下啦。好汉不吃眼前亏。念屎了那些个书，连屎这点弯儿也转不过来，真是白念啦你。你自己不可惜，我还替你可惜呢。一个好好的老师，八年得教出多少学生来呀。你说你替陈三爷下了八年油锅你到底下出个什么结果来了你？一个人哪能这么糊涂，一个人哪能这么骄傲自满呀，啊？一个人活在世上也不能专门自己给自己找罪受吧？一个人要是活在世上专门给自己找罪受，他准是有了毛病啦，准是跟你一样有了毛病啦。我们五人坪千感谢万感谢地把你留下了。五斤鸡蛋十斤白面是不多，可东西不多心意重呀，那是我一家一户收上来的。我们留下你是为的让你教书，不是为的让你蹲大狱。你要是恁想蹲大狱，你干吗还要等着念这么些年的书念这么多的书再去蹲去呀你？你干吗非要到五人坪来受这个罪呀，啊？真是有毛病。真是太骄傲自满了。一个人不念书他就啥也不知道，他就是个土老百姓，他就没有啥可骄傲自满的。一个人要是念了书他就啥也懂了，他就不是个老百姓了，他就有本钱骄傲自满了。人一骄傲自满脑筋就出毛病了，就干那些老百姓干不出来的糊涂事情，就干那些谁也弄不懂的邪门事情。我这个有史以来的第一个共产党员，从来都不敢骄傲。一辈子领导叫干啥就干啥，从来就不说个不字。人一骄傲自满也就有了毛病了。一个人要是有了毛病就啥也别说啦，一个人要是有了毛病就睛等着受罪吧。有了毛病就别再恁大的气性，就蔫蔫地躺在炕上等死吧。你想喝水你等等我呀。我这几天都在庙里给荞麦守着那个功德箱子。我哪有空回来呀。你看看你把这碗给摔的，你使了多大劲呀？看看手上这血，你把手割个这么大的口子，你是想干啥呀？你想把自个的血都放了，你是想把自个的血都放光了，你是想死呀你。你放心，都得死。你得死，我得死，人人都得死。一个也留不下。你老伴不在家，就没有人拿你当人看啦。你想喝水你敲碗我也是听不见呀。臭蛋那个狗日的他不把我的耳朵吹聋喽，他就不算是个完。你敲碗也是白敲。红盼她听见她能搭理你么。你渴死，你饿死，你急死，你气死，正好合了她的意啦。天底下哪有猫不恨老鼠的。你指望猫给老鼠倒水喝，你不是等着日头从西边出来么你，你不是等着公鸡下蛋么你。

我趴在炕上把碎碗碴子一片儿一片儿地捏起来，她就躺在那儿一行一行地流眼泪，哭又不出声，就那么一行一行地流，一行一行地流。一辈子当一个哑巴真是恓惶死啦，连哭都哭不痛快。

你要是能骂几声就痛快了，你要是能说几句就不这么憋屈了。一辈子受了啥气，受了啥委屈，也得在自己肚子里憋着。一个人一辈子一句话也说不出来，肚子里得憋住多少话呀，啊？哪还用等到下油锅呀？这一辈子的熬煎就把人熬煎成鬼啦就。偏你个不懂事的还要这么大的气性，你瘫在炕上的一个哑巴还要有这么大气性，真是要把人熬煎死呀。行啦，哭吧，哭吧，好好哭吧。不跟老伴儿哭，跟谁哭去呀？哭吧哭吧，谁欺负你啦都把它哭出来，别憋在心里熬煎自个儿。一个人活一辈子不是为了熬煎自己才来到世界上的。一个人活一辈子总得有个人心疼他吧。别人不心疼，老伴儿总得心疼吧。你就是个哑巴，你就是个瘫子，你就是个老鼠，老伴儿也得心疼你。老伴儿就是老伴儿。老伴儿就是一块熬煎日子，一块情愿等死的人。等你死了，等我也死了，咱俩往坟里一躺，不吃，不喝，不穿，你不说话，我也不说话，咱俩就一模一样啦。就谁也别想再给你气受，谁也别想再给我气受啦。和有史以来的第一个共产党员埋在一块也够个光荣的，也够个体面的啦。这一道川里也就是你有这福气，能和有史以来的第一个共产党员埋在一块。来，把咱的手洗洗。来，把咱的脸也洗洗。来，喝水吧。想喝多少，喝多少。天再旱，也不能没有你的水喝呀。又哭。又哭。都喝上水了就别哭啦你。行啦，行啦，我知道啦。她狗日的欺负咱啦。她红盼就不是人，她狗日的是只猫。猫可不是得欺负老鼠吗，啊？别让她美，别让她骄傲自满，过不了多少日子她也得变成老鼠，指不定是哪只大花猫来欺负她这老鼠呢。到时候还指不定有没有人喂她水喝呢！荞麦那狗日的比她的心眼还要歪呢。她就等着吧她！来来来，咱再把这碗碴子扫扫，别再叫它们扎着你，扎破了，受罪的还是咱自己。

行啦，行啦，我都知道了，就别哭啦，就别再自己熬煎自己啦。你要实在憋闷得慌，等满成把剧团接回来，我背你上庙里看看红火，听不见，咱不是也看得见呀，看看白蛇是咋发的大水把金山寺给淹了的。别瞧我腿又瘸嘴又歪的，别瞧我老了，要是背自己的老婆我还能背动，咱们不用他荞麦，也不用她红盼，不用他们看咱的笑话，咱们谁他妈×的也不用！咳——你这毛病是没治啦，要是真有那药能治好你的病，我就学学白蛇，也给你盗一棵灵芝草去。咳——天底下哪有灵芝草呀？人家说给你个灵芝草，是说给你个指望，有这么个指望，人就能活下去，人就能熬煎下去。我告诉你吧老伴儿，你知道谁是你的灵芝草吗，啊？你现在的灵芝草就是我，我的灵芝草就是我儿子、我孙子。你知道仲银的灵芝草是啥吗？仲银的灵芝草就是他的骄傲自满。可他住了八年的大狱，把他的骄傲自满熬煎得光光的啦，他没有了灵芝草，他就变成个人影子啦他。行啦，咱俩都有灵芝草，就往下活吧，就别哭啦，就别自己熬煎自己啦。

二

高卫东

我拿不准主意敢不敢跟他说。我看见他窗户上亮着灯，我走过去，又退回来，走过去，又退回来。我拿不准敢不敢跟他说。我就听见他一个人在屋里唱起来。他唱的是《北京有个金太阳》。这个歌我也会唱。就是他教会的。那时候他领着我们站在这个戏台上，把这个歌唱了没数回。这个歌老得都掉了牙，老得都白了头了都，他怎么还这么爱唱它呀。听见他唱，我就笑了，我记着那时候他一唱这个歌就高兴。我走过去拍拍门，我就看见灯影里他那张大红脸。

我说，张老师，咋这么高兴呀你。

他就不唱了，他说，哦，是高卫东。

我说，张老师，咋这么高兴呀你。

他就笑，他说，今幸逢信士，募化银两，乃兴土木，修建学校。

我也笑，我说，张老师你说啥呀张老师。你是喝酒了吧张老师。

他说，是，是喝酒了，和赵荞麦、刘二梁喝酒了。他们答应捐款盖学校，我就跟他们喝，我就喝。

我一下子就放心了，一下子就知道该怎么和他说了我。我说，张老师，这件事你早就该和我们这些学生们打招呼，你要是早说，新学校早就盖起来了，就不用你等到今天。

他的那张红脸就更红了。他那张红脸上的眼睛和白牙就亮起来。他说，好，好，都是老师的好学生，都知道老师心里着急啥事情。这件事我说了有二十年，说得我的嘴皮子都磨出茧子来了。荞麦老是答应，老是答应，就是不办。他不办我就得等。他再不办我就得退休了我。我要退休了也盖不起新学校来，那我不是一辈子一事无成么？那我不是白活了一辈子么？那我回首往事的时候，不是只好因为虚度年华而懊悔，只好因为碌碌无为而羞愧么？等到我退休的时候，我怎么能问心无愧地说我把自己的一生献给了人类最伟大的事业呢？高卫东，你是老师最喜欢的学生，你说说，老师说得对不对？

我说，对，对，老师说得对。我们这些学生们怎么能让张老师懊悔和羞愧呢我们。我们都得给老师争口气。我说，张老师，我找你来就是想说说这件事，我就是想和你说说捐钱的事情。

他眼睛和牙就更亮了。他说，高卫东，你也想给老师捐款盖学校？

我点点头，我说，这是大家的事情，人人有份儿么，我也捐，我咋能不捐呢我？等这回的道场办完了，我把一半钱都捐给学校！

他就笑。他就笑。他就笑出眼泪来了。他说，好，好，都是老师的好学生！都是老师的好学生！等我退休之前把新学校盖起来，我就知足了，我就是死了也能闭眼了我。

我就赶紧给他倒了一杯水，我说，张老师，你看你这都是说的啥话呀你，你这么说话我们当学生的心里是啥滋味儿呀？不就是盖个学校吗，比愚公搬山不是容易多了吗？哪还用等到你退休呢。你喝口水吧，你慢慢说，张老师，你别着急呀你。

他就笑，他说，不该喝水，该喝酒！还应该喝酒！可惜呀，我这儿没有酒。

看见他又笑起来，我觉着该说我的事情了。我把水杯放下，我说，张老师，我有个事情想问问你，可又不知道该问不该问。

他端起杯子，他说，问吧，不问老师问谁去呀你？

我就把底端出来了。我说，张老师，这回祈雨的事情闹得挺大，十里八乡的人全都来了。我怕给大家办得不像回事情，要是大家都不满意，要是把大家给惹恼了就不好办了。可我自己又真是不懂得这种事情都有些啥老规矩。我就是想请老师给指点指点，把事情办得像个样儿，办得叫大家觉得挺新鲜挺光彩，叫大家面子上都能过去。可我就是不知道敢不敢问你，就是不知道问了你，老师生不生气。

他放下杯子，他就不笑了。他说，高卫东，这种事情我也不知道，我怎么能给你出主意呢我。

我就求他，我说，张老师张老师，你再好好想想吧，肯定你在啥书上见过这种事情。张老师张老师，我要是把这次的道场办好了，不是得的钱也就多吗，啊？我得的钱要是多，我给学校捐的钱不也就多了吗，啊？张老师，你说我说得对不对呀，啊？

他就端起杯子来咕咚喝了一大口，他就又咕咚喝了一大口。他咕咚咕咚把一杯子的水都喝完了，抹抹嘴角，他说，我记得在县监狱里的时候，他们叫我抄写整理过县志，那上面有过好多次旱灾的记载。明清两代都有，动不动就是大旱，大饥，人相食。我记得好像是明朝崇祯九年大旱，颗粒无收，大饥，人相食。知县曾经率众设坛祈雨。可是并没有详细的记载，只是说，以纸做旱魃，焚于郊野，祈四方龙神降雨。

我赶紧说，哎呀，张老师，这就行，这就行！你给说说啥叫旱魃呀张老师？

他搬过桌子上一本大厚书翻了一阵，他说，你看看，在这。他说，《辞海》上说，旱魃，古代传说中能造成旱灾的怪物。《诗·大雅·云汉》："旱魃为虐，如惔如焚。"孔颖达疏引《神异经》："南方有人，长二三尺，袒身而目在顶上，走行如风，名曰魃。所见之国大旱，赤地千里。一名旱母。"一说为旱神，见孔传。

我说，张老师，你再给说说吧，我还是不明白。

他说，旱魃就是旱神。这不是说了么，长二三尺，就是说有二三尺那么高；袒身，是说他光着身子；目在顶上，是说他的眼睛是长在头顶上的。走起路来像刮风，走到哪儿看见哪儿，哪儿就要闹大旱灾，千里之内什么都不长，到处都是颗粒无收。祈雨的时候用纸糊个旱魃，拿到野地里烧了，然后再请东南西北四海龙王来降雨。行了，就这么多了。他合上书，他说，我知道的也就是这些了。

我说，行了，张老师，够我用的了，够我用的了！我就也给自己倒了一杯水，我也把水咕咚咕咚喝干了。我说，我真后悔当初没跟老师好好学习，弄得现在啥也是不知道。

他笑笑，他说，书到用时方恨少呀。他说，高卫东，你还记得老师教过的东西吗？

我说，差不多都忘了张老师。

他说，还记得那首儿歌吗？就是那个《队里有了新机器》？

我想了想，我就给他背：

队里有了新机器，
突突突突拖拉机，

哗啦哗啦抽水机，
吱吱吱吱磨面机，
咔嚓咔嚓铡草机，
男女老少哈哈笑，
劳动生产有法宝！

我就背，他就笑。我就背，他就笑。他就又把眼泪笑出来了。

他说，好，好，好。高卫东你还真的都记着老师教的东西呢。你可真是老师的好学生呀你！

我说，张老师，有年头了。想一想，差不多有三十年了。

他说，是呀，是呀，“三十八年过去，弹指一挥间。”“一万年太久”，“一万年太久”，“莫等闲白了少年头”呀。一眨眼你们都是四十岁的人了。一眨眼老师都快退休啦。他说，你还记着老师刚才唱的那个歌儿吗？

我说，唱了那么多回哪能忘了呢。

他说，再给老师唱一个听听。

我就唱。我一唱，他也唱。灯底下两个大男人就一起唱这个老得白了头老得掉了牙的歌儿。他的脸和脖子憋得红红的，他的眼睛和白牙亮亮的。我真是没有白来呀我。

三

满成

临走临走还又追到老神树底下，非叫我把钥匙拿上，家里有人我拿上这东西干啥呀我，弄丢了呢？我一甩鞭子，我说，不拿。人家就眼泪汪汪的。嗨呀，动不动就哭，动不动就哭，真是成了孟姜女啦！我就从车上跳下来，我说，你看看你，你看看你，三四天就回来了，叫人看见像啥呀？你说你是有啥事情呀你？她说，我啥事情也没有，我就是想让你快点回来。有这么个缠人的主，我能不快吗我？我把料斗子放到车上，把水桶挂在辕杆底下，把草料袋子扎好，试试后闸，把毛裢叠好垫好，拍打拍打，行，挺好坐挺软和。你说他跟我笑啥呀？他把那一百块钱递给我，他说，满成，给，一百一整张的省得数。随后他就笑起来，他说，满成你放心，家里有啥事情有我呢，你放心。等你把剧团接回来，再给你一百。我说，能行。反正马天天得吃料，不干活在家待着也是白吃料。他就笑得合不上嘴了，他说，还是满成是明白人，算得过账来。她就非要跟我走，她说，满成，我也去，我有两三年没去过县城了。我说，你去啥呀你去？你去鸡谁管？猪谁管？你真是成了小孩儿家了你。她就哭开了，她说，我有两三年没去过县城了。

我说，咳呀，真是成了小孩儿家了你，这么点事情就值估你哭么你，真是成了小孩儿家了你。我是去接剧团去，我又不是要去。真是成了小孩儿家了你。

他就笑，他说，咳呀咳呀，小两口的事情说不清啦，好好商议吧，我走呀。他龇着个牙就是个笑。她低着个头就是个哭。晚上她就缠我，缠得我没完没了的。

我就笑。我说，咱俩这是白忙，忙也忙不出个结果来。她就又哭开了，她说，你真狠心呀你，人家哪疼你就往哪戳，你这回给我把药拿回来，我好好吃，我给咱生个大胖小子，我不给你生个儿子我就死，我就不活了我。

我就搂住她，我说，你看你这都是说的啥呀你，有你这么说话的吗，啊？你不活了，我上哪儿去呀，啊？

她就拱在我怀里，她就哭，满成满成，我真对不起你，满成满成，我真恨我自己，我真想给你生个儿子呀我。

你说说，你说说，她哭成个这样是咋啦呀，啊？我把那几袋袋草药放进包包里，大夫说了，吃吧，吃下我十服药，保你明年抱个大胖小子。行，保我明年抱个大胖小子。

我又把那筒筒洗发膏也放进去。现在女人都时兴用这玩意儿，说是用它洗了就又香又亮。行，就叫我翠巧又香又亮一回吧。我把包整好了，我把鞭子从插口里抽出来，抬头看看他们。

我说，就四个人？

他们笑笑，他们说，就我们四个。

我说，谁是许仙？

白脸的说，我是。

我说，谁是白蛇？

瘦子说，我是。

我看着第三个说，那你就是法海。

他说，不是，我是小青。他指指身边的胖子说，他是法海。法海朝我笑笑，法海说，满成兄弟这么熟，敢是看过《白蛇传》吧？

我说，看过。我说，四个人就能唱戏？谁弹弦子，谁拉胡胡，谁打梆子呀？没有响器咋唱戏呀？

法海说，你这是来得早，还有我们四个人能给你们凑和。这时候哪儿都闹祈雨，黑龙山上还有庙会，都是要唱戏哩，团里的人忙得顾不上。他举举手里的录音机，他说，锣鼓家伙、跑龙套的都在这里边。他踢踢脚底下的箱子，他说，行头道具都在这里边。

我说，都是男人咋唱搞对象的戏呀？

他们就笑。白蛇说，脸一勾，妆一上，哪还有啥男的女的，都是戏。

我把箱子煞好，把毛裢再抻拽抻拽，我说，上车吧，坐毛裢吧，软和。

走过大十字，走过百货商店，走过富豪大酒楼我扭头看了看。

我说，这不是原来工农饭店的地方吗？

法海说，是。改名啦。这时候哪还有啥工农呀，全他妈×的成了富豪了。你还没见北关饭店呢，北关饭店现在叫皇家大酒店。谁进去吃饭谁就是皇上，不是皇上也得是驸马、公主、皇娘娘。

一伙人就哄哄地笑。白蛇说，我昨天还在那儿吃过饭呢。许仙说，那你就是皇娘娘。白蛇说，我不是皇娘娘，我是皇娘娘她爹。一伙人就又笑。

走过南关汽车站，上了桥，过了河，眼前就是一条通天的黄土道，曲曲弯弯，上坡下坡，蹚水过河，走九十里就到家了，那个能哭的主在家等着我呢。也不知道这回的药管用不管用。你说你哭成这个样是咋啦呀你。总共才走三四天，又不是走三四年。走三四天打一个来回就挣二百块钱，这还不是个好买卖么？一年到头这么好的买卖能有几件呀？真是女人家见识短。你坐在家里哭上三天，你哭死，谁给你二百块钱呀？你给我好好吃药吧你，吃了药给咱好好地生个大胖小子，到时候你就该乐啦你。白蛇要是不喝那杯雄黄药酒就好了，白蛇要是不喝那杯药酒就现不了形，她就给许仙把个大胖小子生下来了。两口子有了儿子还怕啥？两口子有了儿子谁还能把他们分开呀。法海来了也不行。皇上来了也不行。谁来都不行。我回去，他就得再给我那另外一百块，他不给就不行。

法海说，满成，你是想当皇上呀，你还是想当皇上他爹呀。

我说，我不想当皇上，要当我就当许仙。

白蛇说，为啥？

我说，你想呀，有那么好心的一个活神仙天天在一块儿，人样儿又好，心眼儿又善，再把大胖小子一抱，那是过得啥日子呀？给个皇上也不换。

白蛇就叫起来，白蛇说，哎呀呀，官人哪，有你这一片痴心，为妻在雷峰塔下，再压百年千年也要与你团圆呀！

车上的人就全都笑，笑得就像个戏台子。

法海说，听满成这么说话，家里肯定放着个好媳妇。是不是呀，啊？

我就笑。我就不说话。

白蛇说，满成兄弟，你可得当心。现在这世道早就不是官人负娘子了，弄不好就是娘子扔了男人另攀高枝儿去了。

我就还笑，还不说话。你说你哭成个这样是咋啦呀你？真是成了小孩儿家了。连三四天也不让离开。

小青说，你看你这人说话难听么你。你白娘子叫许仙害了，人家满成就得倒过来陪上你受罪呀，人家家里放着好好的媳妇，为啥就得登高枝去呀。满成，到了村里我们得到你家吃顿饭，我们得好好见识见识，保险连白娘子也比不上。

我还笑，还不说话。一条黄土大道在眼前头曲曲弯弯绕进山里。再走九十里就到家啦。到家他就得再给我那一百块，他不给就不行。又是个没指望的大晴天，蓝得可真豁亮。我又不是许仙，又没有法海给我使坏，你说你害怕啥呀你？再说你是我老婆，你是翠巧，你也不是白蛇呀。家里有人，我拿上那东西干啥呀我。天蓝得这么豁亮，白蛇上哪儿找水淹金山寺去呀？这老天爷啥时候能给老百姓下场透雨呀你说？

四

满喜

水在木桶里咕咚咕咚地晃。咕咚一下，哗啦一下。咕咚一下，哗啦一下。水就从塞子缝里挤出来，滴滴答答的水珠子就落到又干又硬的黄土上，就好像是爷爷叫我俩看的那些写在黄裱纸上的蝌蚪文。黄牛们全都慢悠悠的，全都不着急，全都撇着两瓣蹄子慢慢地晃悠。木桶就在驮架上摇过来摆过去的，咕咚一下，哗啦一下。咕咚一下，哗啦一下。从五人坪晃到老林沟，从老林沟晃到五人坪，来回二十里，能他妈×的晃两晌的工夫。我把手里的树枝子摇了摇，我就求它们，嗨呀，爷爷们爷爷们，给咱走快些能行么，啊？不是天旱成这个样，不是天旱得井都干了，谁跟上你们受这个罪呀，啊？你们在老林沟喝饱了喝足了喝够了喝舒服了，村里的人们可还都等着哪。快些吧，就别磨蹭啦爷爷们。没人搭理我。晴天大日头底下就是我一个人陪着这么几个活爷爷，一步一步地往家扭。咕咚一下，哗啦一下。咕咚一下，哗啦一下。滴滴答答的水珠子就一行一行地落到又干又硬的黄土上，就好像是爷爷叫我俩看的那些写在黄裱纸上的蝌蚪文。

爷爷把我推醒了，爷爷说，满喜满喜，快醒醒，快醒醒。

我就从被窝里坐起来，我就揉眼睛，我问他，爷爷爷爷，干啥呀爷爷？

爷爷说，走，快走，老神树显灵啦，老神树显灵啦，快瞧瞧去，快叫满成，快。

我还揉眼睛，我问他，爷爷，啥叫显灵呀爷爷？

他说，你看看就知道了你，快叫满成吧你。

我推满成，满成满成，快起，快起！

满成就哭，你干啥呀你，人家瞌睡得不行么，你干啥呀你。

后来满成非说是他先醒的。嘿呀，你说你个小子蛋子，你才多大呀你？那年你才六岁，我他妈×的都九岁啦我。你个六岁的小子蛋子你能记住啥，你能知道啥呀你，啊？

我就把他拽起来了，我说，快起吧你，别哭啦你！

我俩就穿上衣裳跟着爷爷往外跑。满成就哭，人家瞌睡得不行么，人家瞌睡得不行么。满成就在门槛上绊了个跟斗，就把鼻子碰流血了。

我就喊，爷爷爷爷，满成流血啦！

爷爷就把满成抱起来跑。我在后面跟着跑。跑到老神树底下，爷爷指着说，你们看看，你们快看看那是啥？那是天书，那黄裱纸上写的字叫蝌蚪文，老神树这是显灵啦这是！快点跪下，快跪下，快跟爷爷一块儿跪下吧！

满成说，就不是这么回子事情。满成非要说那天是他先醒的。满成说是爷爷推我推不醒，就推他。他就醒了。爷爷就抱着他先去老神树底下看了。他就看见张老师了。他是在神树底下跪下磕头的时候把鼻子磕破了的。他们磕了头，又跑回来叫上我。等我们再去的时候，老神树底下早就围了一大群人啦。你说他个小子蛋子这不都是胡说吗不是？明明是过门槛的时候跌倒的，就非要说是磕头的时候碰破的鼻子。就这么点事情就记不住啦就。真是糊涂死呀。可满成非说是我记错了，非说是我那天就没睡醒。

我问他，爷爷爷爷，啥叫蝌蚪文呀，啥叫显灵呀，啊？显灵就咋啦？不显灵就咋啦？

爷爷说，满喜，你现在在学校不是天天听你们张老师念报纸呀？咱村里现在不是天天都开会，现在不是天天都是说的毛主席要打倒刘主席。娃娃们呀，咱中国现在一共有俩主席。这天上不能有两个日头吧？这一个孩子不能有两个爸爸吧？这一个朝廷也不能有两个皇上吧？这两个主席这么一打倒，就要出乱子啦，咱们老百姓的日子就要遭罪啦，老神树就显灵啦。天下一有了大事情老神树它就要显灵，爷爷七岁那年皇上下诏停了科举，老神树也显过一回灵，也出过一回天书，也是写的这些疙疙瘩瘩的蝌蚪文。娃娃们，快跟着爷爷跪下磕头吧，快求求老神树保佑咱老百姓吧！

我说，爷爷，啥叫下诏停了，谁是科举呀？

爷爷说，快别问啦满喜，快跟着爷爷跪下磕头吧！

我俩就跟着爷爷跪下磕头。身边围着的人们就都跟着爷爷跪下磕头。正磕着，张老师就来了。可满成非说是张老师早就来了。满成说，他和爷爷俩人刚跑到老神树底下就看见张老师了。张老师说，这都是封建迷信。张老师说，陈三爷，满成，你们不要相信这个，这都是有人搞的封建迷信。满成说得根本就不对。张老师是后来才去的。我们一大伙子人跪在那儿磕头，磕过来，磕过去，求过来，求过去，磕得爷爷满头满脸的黄土。张老师就来了。张老师一句话也不说，张老师站在一边看着大伙。有人就说，哎呀，张老师来了，张老师有学问，快叫张老师给说说吧，快叫张老师给说说吧，这天书上写的都是啥呀？满成就哭，爷爷爷爷，我鼻子流血啦爷爷！你说你哭成个那样，你还能记住啥呀，啊？张老师就走，就不搭理大伙。一伙人就追在张老师后边。

我就叫他，张老师，张老师，张老师！

爷爷也叫他，仲银仲银仲银！爷爷说，仲银仲银，我们大伙都给你跪下啦！

张老师回过头来，张老师就把在学校跟我们学生说的话告给他们，张老师说，这是叫你们听毛主席的号召，参加文化大革命，组织红卫兵，写大字报，游行喊口号。你们谁要是不听，老神树就要罚谁。行了吧，这回你们都该相信了吧！

满成就还哭，爷爷爷爷，我还流血，我还流血，可咋办呀！

你说你哭得都快要吓死啦你，你还能记住啥呀？荞麦他爸就跑来了。荞麦他爸说，你们这是搞迷信！解放都这么多年了你们还要搞迷信，你们这是不把新社会放在眼里，你们这是要造反！我是有史以来的第一个共产党员，我不能叫你们群众这么胡闹。

满成就一直哭，一直哭，一直哭。满成正哭着，荞麦他爸的嘴就给歪啦就，荞麦他爸就说不出话来啦就。你说你一直哭一直哭，你能看见个啥呀你，啊？

后来老张就来了。老张就天天在村里转悠。老张塞给我一把糖，老张又塞给满成一把糖，老张说，满喜，满成快吃吧，可甜哩。老张说，满喜，你说说是谁先看见那张纸的。

我把糖塞到嘴里，嗨呀，真甜！我说，是我爷爷先看见的。我那时候还不知道老张那个狗日的是要抓人。

老张又说，满成，你说说是谁先看见那张纸的。满成那时候也不知道老张那个狗日的是要抓人，满成说，我和我爷爷跑过去就看见张老师啦就，你这糖可真甜呀。

我说，你胡说吧你，是爷爷先看见的，哪是张老师呀。

满成说，你胡说，是张老师。我和爷爷跑过去明明看见张老师啦！

我就捣了满成一锤子，我就骂他，你狗日的就胡说吧你，你啥也没看见你还胡说！

满成就哭，满成说，你胡说！你胡说！我鼻子都破啦我，你鼻子又没破，爷爷又没抱你，你才是胡说呢你！

老张就把脸虎下来了。老张说，行啦，行啦，别哭啦，别闹啦，好好想想，到底是谁？就这么点事情就想不起来了？

我俩就又吵，又打。我俩那时候都不知道老张那狗日的是要抓人。

木桶里的水咕咚一下，哗啦一下。咕咚一下，哗啦一下。牛们慢慢悠悠地扭。水珠就滴滴答答的，在又干又硬的黄土上写出一行一行的蝌蚪文来。爷爷的脸色就变了，爷爷的脸变得就像是那张黄裱纸。爷爷说，老张给的糖？

我俩点点头。爷爷说，你俩说啥啦？

我说，我和满成打架了。我说是爷爷先看见。满成非说是张老师先看见的。爷爷说，你俩是想叫爷爷让老张抓走呀？你俩是想叫张老师让老张抓走呀？你们俩是想叫爷爷和张老师去蹲大狱去呀？

我俩就摇头。

爷爷说，不许胡说啦，他再问，你们就说啥也没看见，啥也不知道！都记住啦！听见没啊？

我俩就点头。满成就又哭开了。满成说，爷爷爷爷，我听你的，我啥也没看见，我啥也不知道。我可害怕叫老张那狗日的抓上你走。我就在一边犯糊涂，也不叫老张抓走爷爷，也不叫老张抓走张老师，那叫老张抓走谁呀？把我和满成抓上走？那几天我就天天在兜里塞个窝窝，也给满成塞个窝窝。满成嫌沉，满成不愿意塞窝窝。满成撅着个嘴，满成说，哥，我吃饱了我，塞上个窝窝干啥呀？我不塞。我嫌沉。我就骂他，你个憨憨你，这是咱俩的干粮，老张要是抓咱俩来，你不跑呀你？咱们要跑，你不带干粮，你要是跑饿了，你吃啥呀你，啊？到时候要是没干粮吃，你又是哭呀你，你咋就这么傻呀你？

满成说，能行，那我也装上吧。我俩就天天兜里塞个窝窝。一直塞到老张离开村子。老张一走，爷爷就放心了。我和满成也放心了。

我们都没想到有一天老张还要回来。

我们都没想到老张是有人写信叫回来的。

村里的人都说，不知道是谁给上头写了封信就把老张又给叫回来了。

那时候北京的学生娃们早就来了，十几个北京的学生娃都住在村子里，都识字，都会写信，大伙就更猜不准到底是谁写的信了。老张一回来，我和满成就又每天往兜里塞个窝窝。大伙都没想到张老师他会认了这个案子。我们全都站在老神树底下看着老张把他给带走了。他手上戴着那个明晃晃的铐子。老张手里举着那把乌黑的手枪。张老师回过头来，张老师说，乡亲们，我还会回来的！荷花就哇哇地哭。我们全都吓得连气也出不来了。

爷爷一下子坐在又冷又硬的黄土上，爷爷拍着黄土叫喊，仲银仲银仲银呀——村里的人都说爷爷是疯了。满成说，哥，咱们快跑吧。我俩就跑到山药窖里藏起来。我俩躲在山药窖里一块儿骂那个写信的人。你说他要是不写信，不就啥事情也没有了吗？他为啥这么坏呀他？

后来我就想起来，后来满成也想起来，这个写信的人不是别人，就是荞麦他爸！荞麦他爸想把荷花说给张老师，人家张老师不愿意，他就恨上张老师啦。这件事村里的人都知道，没有不知道的。人家张老师不娶他闺女，他就写信叫人把张老师给抓走了，就是他在老神树底下骂大伙是要造反，他还说他是第一个共产党员。就是他！他咋这么坏呀他！我俩躲在山药窖里骂荞麦他爸，骂得饿了就吃了窝窝，等到吃完窝窝又饿了，我俩就爬出来了。

村里的人都说爷爷是疯了。我和满成知道爷爷根本就没有疯，爷爷是叫我俩给气坏啦，爷爷是气我俩把看见的都告给老张那个狗日的啦。爷爷老是说，啥时候才能把张老师放出来呀？我真想见见张老师，我真想跟他说句话呀我。老张那个狗日的太厉害啦，他连句话也不让我和仲银说，他就用铐子把仲银给铐走啦。我还没跟仲银说话呢，老张就把他给铐走啦。我和满成就告诉他，荞麦他爸可真坏呀，荞麦他爸要是不写那封信，张老师就啥事情也没有了，就谁也抓不走张老师了，你就能和张老师说上话了就。

咕咚一下，哗啦一下。咕咚一下，哗啦一下。一行一行的蝌蚪文就一直写到爷爷的坟跟前。坟上的草黄黄的卷着叶子，坟上的草都干死渴死了。我就叫住牛们，我说，行啦，活爷爷们，停停吧。我和我爷爷说句话。

我把木塞子拔下来，倒出一股水来。我说，爷爷，你渴不渴呀，你喝口水吧你，天太旱了，咱村的井都旱干啦，这几天村里正闹祈雨的事情呢，荞麦他爸说，你不在了，啥老规矩都没人知道了，也不知道祈雨的事情都办得对不对。张老师他也不知道老规矩都是些啥东西。张老师他也不知道祈雨的事情该咋办。老神树也不给显个灵。天这么旱，老神树也不给显个灵。眼看着是一颗颗的庄稼也收不回来啦！

我摇摇手里的树枝子，我说，行啦，爷爷们，走吧。牛们就又晃起来。咕咚一下，哗啦一下。咕咚一下，哗啦一下。远远地就看见村口的老神树啦。不管天多旱，也旱不死它。满树的绿叶子在太阳底下一闪一闪的，满树的绿叶子在漫天漫地的黄土里哗啦哗啦的，就像是一条河。

五

红盼

我三把两把就把她推到被垛上了，我三把两把就把这个用扫炕笤帚扎的草人从她手里夺过来了。

我顺手就梆了她两笤帚。她就叫。她就叫。叫你娘的脚！你说她一个哑巴她咋啥也知道呀？她这都是从哪学来的呀？这都是谁教给她的呀？啊？越是个哑巴，心就越狠。越是个哑巴，心就越毒。你说她这都是从哪学来的呀，啊？她真是成了妖精了她！弄这么个笤帚扎个人，再朝人心口窝上扎针。狠着心地要把我咒死，要把我扎死，要把我的心给扎破喽，扎烂喽，她才高兴，她才解气。有针的时候她使针扎，没有针的时候她就从炕上撅下苇劈儿来，使苇劈儿扎。我夺一回，她弄一回。我夺一回，她就再弄一回。真是成了妖精啦。家里天天躺着这么一个瘫子，天天躺着这么一个活鬼，天天躺着这么一个活妖精，天天咒你，扎你，你说你气不气，你说你怕不怕，你说恶心不恶心，你说恨不恨哪你？啊？我这是前辈子造了啥孽了我？非叫我碰上这么个死对头？非叫我碰上这么个妖精，这么个活鬼，这么个活死人哪，啊？伺候你吃，伺候你喝，伺候你拉，伺候你尿，天天伺候，天天累死累活，还得天天叫你这么咒，天天叫你这么往死里弄，你说她咋这么毒这么狠呀她？真是十个不哑巴的人也顶不住一个哑巴狠。真是十个不哑巴的人也顶不住一个哑巴毒。现在人人都忙祈雨的事情还忙不过来呢，她可倒好，天天躺在炕上就琢磨咋往死里咒人。把好人全都咒死，留着你这么个瘫子能干啥呀？留着你喂狗吃呀？就你那一身的臭肉连狗都不稀罕吃你，连狗都不愿意闻你！你现在你是不行了你。你瘫到炕上你还能再厉害谁，你还能再欺负谁呀你？三十年的媳妇熬成婆，三十年的大道走成河。现在是你走到头了。现在是我熬成婆了。不是你天天梆梆梆哐哐哐的时候了。你当个婆婆，你天天拿着根擀面杖，你敲过我多少回呀你？你敲了我多少年呀你？我刚敲了你两下子你倒哇哇开了？你等着吧你，你再这么咒人，我还要敲你。我非把你狗日的敲老实了不可。我就不信治不了个你，我就不信治不了个哑巴治不了个瘫子。看看看看，看看这个草人心口窝上扎了多少根苇劈儿呀？她恨不能把这一盘炕上的苇席子都撅成苇劈儿，都扎到我心口上。她恨不能叫我立马就死就咽气，才能合了她的意。我才不死呢我。我得好好地活着。我得好好当一回婆婆。我得好好地看着你瘫在炕上受罪。我得好好地看着你是咋一天一天地烂在炕头上的。我得好好地看着你咽气。等你咽了气，等你死了。我就让荞麦拿上你打人用的这根擀面杖给你当哭丧棒。我就把这根擀面杖跟你一块儿埋了。我叫你带着打人的证据见阎王爷爷去。见了阎王看你咋跟他说。你就说，这就是我的那擀面杖，这就是我的那打人用的棍子，我用这根棍子打媳妇打了她二十年。她烧水慢了我打她。她挑水慢了我打她。她做饭慢了我打她。炒菜盐放多了打，炒菜盐放少了打。米汤熬稀了打，米汤熬稠了打。鞋样子剪大了打，针线活做错了打，猪饿了打，羊饿了打，打得她浑身上下没一块好地方。打得她哭了还要打。你跟阎王爷爷说了这，你个老妖精听听阎王说啥，你个老妖精看看阎王咋收拾你。叫你上刀山，叫你下油锅，剁了你的手，砍了你的脚，剜了你的心，挖了你的眼。把你放到磨里磨成面，磨成浆。叫你下辈子转成牛转成马，叫人天天拿鞭子抽你，抽得你满身血道子，疼死你，苦死你，还叫你一句话也说不出来。

她叫。她哭。她啪啪地拍窗户。她知道我站在窗户外边。她哗啦一声把一只手从窗户纸里捅出来东抓一把，西抓一把，一边抓一边又哇哇呀呀的乱叫喊。一条光胳膊叫窗棱子刮出几条血道子，瘦骨巴巴的指头尖上是又黑又长的指甲。我知道她是想要这个草人，我知道她是想抓我。我抡起笤帚照这只爪子又敲了两下。她就哇哇地哭。她就咣咣地撞窗户。你说我这一辈子咋这么倒霉呀我？为啥非得叫我和这么个活鬼住在一个家里呀？老天爷，你咋这么不睁眼呀你？啊——哎咳咳咳咳——呀——我的妈呀——来人吧，来人吧——快来人救救命吧——要出人命啦——荞麦荞麦你个死人呀，你不看看你妈要杀人啦——哎咳咳咳咳——不能活啦，我不活啦——老天爷你咋这么不睁眼呀——你们都看看这个草人人心口窝上扎了多少刀子呀——哎咳咳咳咳呀——

我就看见二罚跑进来，二罚一边跑一边叫，妈，妈，妈，你咋啦呀妈？我奶奶出啥事情啦，妈？

我就看见荞麦也从远处跑过来，我看见他一边跑一边骂，我听不见他骂的是啥。我就赶紧使劲哭，使劲号，哎咳咳咳咳呀——老天爷呀，我不活啦——

六

满成

我把箱子搬进教室里，又和几个人一块儿用桌子对出四张床，然后把地扫了，打来一盆水叫几个人抹把脸，把洗了脸的水再洒到地上。屋里就干净了，也清爽了。我看看白蛇、小青、许仙、法海，我冲他们笑笑。我说，几位就先歇歇吧，庙里支了灶，一会儿到了饭时，就有人来叫你们吃饭。我还要回去卸牲口。回头再好好地看你们的戏。几个人就笑，就说，满成，你可记着，我们还要去你家吃顿饭呢，我们还想看看你的白娘子呢。我就跟他们一起笑。正笑着，他就进来了。

他说，嘿呀，真热闹呀。他说，满成，你这是把剧团接回来了。

我说，这是我们村的张老师。我们这周围几个村子的孩子都是张老师教的。

那几个人就啊啊开了，就说，啊呀啊呀，这就是张老师，张仲银老师对吧，早就知道，早就知道！

我说，这是白蛇，这是许仙，这是小青，这是法海。

他笑着点点头，他说，我们都等着看你们的戏呢。你们都是演员都是名人呀。

白蛇说，哎呀，张老师，我们算啥名人呀，我们也就是在台上唱唱戏，戏唱得再热闹也就是在台上热闹热闹，都是假的，上了刑不疼，杀了头不死，万万不敢和你比，你是动真的，你敢顶替上别人蹲大狱，一蹲就是八年，这事情闹得全县谁不知道呀！张老师，我没说错吧，是八年吧？

他一下子就不笑了。他说，哦，是八年。都是老黄历了，提这没啥意思。

法海说，听说是顶替的一个七八十的老头子，是吧？

他看看我，没说话。

我说，我爷爷临死的时候说，张老师顶替的是我爷爷。

可北京来的李老师就不是这么说，李老师跟刘老师说，咱们要是和仲银搞好团结，就不会发生这种事情了。

一伙人就又啊啊开了。就说，啊呀啊呀，满成这人嘴可真严实呀，一块儿走了两天的路这么大的事情就没露过一句！

他看看我，他看看白蛇、许仙、小青、法海，他说，你们说得都不对，我不是顶替别人，我谁也没有顶替。他挥挥手，他说，都是老黄历了，提这没意思。

法海说，张老师，我听说，后来平反冤案，把八年的工资一下子都补给你了，是吗？

他说，没有。就没有平反这回事情。

一伙人就又啊啊，就说，啊呀，张老师，你咋这么好说话呀你，他不给就和他没完，谁给他白白地蹲八年的监狱，啊？跟他没完！

他说，我想要的不是工资。他说，算啦，不提这些没意思的事情。

白蛇说，张老师，你可不要谦虚，你这事情可不能说没意思。要是叫我们团里的编剧找你了解了解调查调查，把你这件事闹成一出戏，保证好看，保证不比《窦娥冤》差，我说这话你信不信呀张老师！好家伙啦，八年冤狱，顶得上苏武牧羊啦！顶得上王宝钏守寒窑啦！

他转过身去，他说，行啦，你们快歇着吧。

说完他把白蛇、许仙、小青、法海和我撂下，转头就走了。留下一伙人在教室里啊啊呀呀地算那八年的工资有多少，有那八年的工资够买个啥东西的。我看出来他有点不高兴了，可他们没看出来。一伙人算来算去，吵来吵去，又啊呀起来，一个月四十块钱，八年才三千多块钱。就够买个彩色电视机，还得是国产的。一伙人就又嚷，嗨呀，中国人的命真是不值钱呀，八年的命还抵不了一台电视机。他们都没有看出来他不高兴。可我看出来了。爷爷抱着我跑到老神树底下的时候，我一眼就看见他了。他戴着那个红袖标，远远地站在一边。我就叫，爷爷爷爷，张老师来了，张老师来了。

爷爷说，满成、满成，快跪下吧，你没见老神树上的天书吗！满喜非说是我记错了。我根本就没有记错。就是他先去的老神树底下。爷爷抱着我往过跑，还没跑到，就远远地看见他了，就看见他的红袖标了，红红的，亮亮的，就像是流了一摊红红的血。我的鼻子也流了一摊红红的血，我就吓坏了，我就哭。我就叫，爷爷爷爷，我的鼻子流血啦！爷爷就从棉袄里子上撕下一块棉花给我擦鼻子。一边擦，一边说，满成满成，不敢哭，不敢哭，老神树显灵了小孩儿家不敢乱叫喊，不敢惹得神神生了气。

后来满喜就天天叫我塞上个窝窝躲着老张。满喜老是以为啥事情都是他记得准，他就不知道李老师说的这些话。爷爷也不知道李老师说的这些话。老张用手铐子把他抓走的时候，村里的人都跑到老神树底下，大人小孩都追过去了。他转过身来，他说，乡亲们，我还会回来的。刘老师说，他怎么像个革命烈士呀？刘老师说，这个人太奇怪了！李老师就说，咱们要是和仲银搞好团结，就不会发生这种事情了。李老师对刘老师说这些话的时候，我就站在他们俩的身边，我听得清清楚楚的。那年我都八岁了，我都上二年级了，李老师是我们的班主任。满喜他就顾着往前挤了，满喜他就没听见李老师说什么。满喜挤到前边看见老张黑亮黑亮的手枪，他吓得连气也出不来了，满喜他吓得连逃跑都给忘了，他站在那儿连眼珠子都直了，还是我跑过去叫他跑的，我推推他，我说，哥，咱们快跑吧。我俩就跑了，就躲进山药窖里藏起来了。爷爷说他有话要和张老师说，爷爷说，老张厉害得连句话也不让他和仲银说就把仲银给抓走了。可爷爷根本就不知道李老师说的这些话。他要是知道了，他就不说黄裱纸是他贴上去的了。爷爷他连一个字也不认识，他咋能会写那些蝌蚪文呢他。爷爷也是叫老张的那把手枪给吓糊涂了，他连一个字也不认识，他上哪儿写那个天书去呀？

她就走进来了，她说，满成，你回来啦！你咋回来这么半天也不回家呀？快回家吧！

一伙人就又叫嚷起来，嘿呀，满成，这就是你的那白娘子吧，这就是咱的那媳妇吧？嘿呀，光急着叫你家满成回家啦，连客人都顾不上搭理了！

她就红了脸。她说，那就都回家里歇歇吧。

我说，你急啥呀你？都回来了还催！真是成了小孩儿家啦！

白蛇就笑，就说，嘿呀，快叫你满成回家吧，我们又没有啥紧急事情，我们也都不是小孩儿家！

法海说，满成，水漫了金山也不能有这么急。快跟上娘子回家吧。家里放着灵芝草馅儿的饺子等你吃呢。快跟上娘子回家吧！

一伙人又是哄哄地笑。她就红着个脸往外跑。我就从哄哄声里挤出来。路过他门口的时候正好碰上他抱着被子走出来。

我说，张老师，晾被子呀。

他说，晾被子。蛇蚤太多，咬得人睡不着。

我和荞麦他爸赶着车走到县监狱的门口，李老师说，你们在这等等。

等了一会儿他们就出来了。我原来以为他一定是头发老长，胡子也老长。没想到蹲监狱的都得刮个光头。他脑袋光光的青青的，胡子也是光光的青青的，又干又瘦，他朝我们这边露出白牙来笑了笑，我觉得怪怪的有点害怕，身上直发冷。他的个头也没有原来那么高了。我就纳闷，他怎么蹲监狱蹲得个头也给矮了呀？他原来挺高的呀？他原来不是这么矮呀？

荞麦他爸说，满成，还愣着干啥呀，快去把铺盖卷接过来呀。我就赶紧跳下车跑过去。我说，张老师，快给我吧张老师。他摆摆手，他说，不用啦，没有几斤，除了满铺盖的虱子蛇蚤啥也没有。

他说，满喜，看我刮了光头认不出来了吧？他说，嗬，满喜都长这么大了！我还是伸着手，我说，张老师，我不是满喜，我是满成，你快给我吧。他就又露出白牙来笑，他说，哦，认错人啦，是满成呀。荞麦他爸就在后头骂，咳呀，满成你狗日的手就这么慢，连个铺盖卷你都接不过来你都！我就赶紧把那个满是虱子和蛇蚤的铺盖卷抢到手里。

李老师说，仲银，你就给了满成吧。我提着铺盖卷闪到一边，我说，张老师，你快上车吧。等都坐到车上李老师说，走，上工农饭店，今天我请客。车就轱辘轱辘地走。街上的人就都往车上看。都不知道车上坐的这个没有头发没有胡子的瘦人是从哪儿来的。都不知道这个没有头发没有胡子的人蹲了八年的监狱，蹲得又干又瘦，刚刚从监狱门里走出来。荞麦他爸从车前头转回头来，荞麦他爸说，咳——仲银，受罪了吧？他没说话。停了一会儿，他就又露出一嘴的白牙笑起来，他说，今天天气真好呀今天。我就闻见满鼻子的炒肉的香味，我就看见工农饭店的招牌了。

我说，张老师，拆洗拆洗铺盖吧？叫翠巧给你拆洗。

他说，不用，不用，还能行呢，再盖盖再说。

我说，张老师你看你客气啥呀你，反正翠巧干个这也不费啥事情。

他说，不用，不用。

我就叫，翠巧翠巧，你回来。

他就一个劲地摇手，他说，不用，不用，满成你看你，我说不用就不用，我还和你客气，你快和翠巧回家吧。

他一边说一边把被子搭到绳子上。被子一展开，密密麻麻一层虼蚤拉屎拉下的黑点子，像是谁往上边撒了几把荞麦皮。他蹲了八年监狱，蹲得连个女人也没娶上，他真是蹲得啥也误下了。你说张老师他这是图了啥呀你说？

七

二罚

我站在盆里听见院子里戏台上的录音机又响起来了。戏台上那个录音机一响，那几个剧团来的人就唱。台底下坐满了人。都听他们唱。他们唱得一点也不好听，他们比我们唱的歌儿差多啦他们。爷爷说他们唱的是《水漫金山》，唱的是白蛇带着小青和虾兵蟹将到金山寺，救她丈夫许仙来了。可法海和尚不给人。白蛇就发大水淹了金山。发了水也没把许仙救出来。那几个人唱来唱去就是这几句。白蛇发完水就完了，也不知道后来就咋了。爷爷说村里花钱就叫他们唱这一段，没花钱叫唱后来。可是没有后来还有啥意思呀。还不如叫我们站在台上多唱几回歌儿呢。再说剧团来的这几个人长得又难看，嗓子又粗，有啥好听的呀。他们穿上演戏的衣裳也没有我和毛妮儿好看。

我扭过头看看她，我说，毛妮儿，毛妮儿，你戴上这荆冠真好看呀你！你看你有多好看呀！我真爱看你戴这个荆冠！

毛妮儿的脸就红了，毛妮儿说，二罚，你戴上荆冠也怪好看的你。

我就看见张老师又提着暖瓶走过来。他还没走到跟前，我就叫，张老师，张老师，水凉啦张老师！

我一叫，毛妮儿也跟着叫，张老师，张老师，水凉啦张老师。

张老师就往过快走，张老师说，来了，来了。

我就和毛妮儿对对眼睛，我俩就笑。我穿个红裤子，戴个红兜兜。毛妮儿也穿个红裤子，也戴个红兜兜。我戴个柳条荆冠。毛妮儿也戴个柳条荆冠。我属龙。毛妮儿也属龙。我八岁。毛妮儿也八岁。道士就挑我俩做了童男童女，就叫我俩到庙里来站盆。在我们身子后头铺了大红布的条案上，放着四个木头牌牌，牌牌上写的东海龙王之神位，南海龙王之神位，西海龙王之神位，北海龙王之神位。我和毛妮儿就是献给这些龙王的童男童女。我是男的，我站在左边。毛妮儿是女的，毛妮儿站在右边。我站在一盆水里，毛妮儿也站在一盆水里。道士说早晨、中午、傍黑，一天得站三回，每回得站一个钟头，每天都得换一盆新水。道士说得一连站三天。道士说站在水里龙王爷才能看见，才能知道。道士说站够三天，龙王爷才能把水给引来。我和毛妮儿就天天站在水里看着大人们给我俩烧香、磕头。他们一磕头，我就笑。我一笑，毛妮儿也笑。爷爷就拍那个功德箱子，爷爷就说，二罚，不许笑。毛妮儿就咯儿咯儿地用手捂住嘴。我就用牙使劲地咬住下嘴唇。张老师跟道士说，水太凉，别把人冰出病来，得给孩子们兑点热水。道士说，能行。张老师就天天提着暖瓶给我和毛妮儿兑热水。这个道士和我俩一样，他也是张老师的学生，张老师说话他也得听。我爸也是张老师的学生，张老师说话我爸也得听。当个老师可真好呀，当个老师一说话谁都得听。

张老师蹲下把热水倒进铁盆里，又用手搅搅，张老师说，二罚，热了么？

我动动脚趾头，我说，热啦，张老师。

张老师走过去又蹲下又倒水，张老师说，毛妮儿，热了么？

毛妮儿跟着也蹲下，毛妮儿用手试试水，毛妮儿说，真暖和呀张老师。

道士在一边叫，哎哎哎，毛妮儿，咋蹲下啦你，不敢蹲下么！

张老师笑笑，张老师说，高卫东，她一个小孩家你这么厉害干啥呀你？

道士就不说了，就龇着个牙嘻嘻地笑。

当个老师可真好呀，当个老师一说话谁都得听。

等他们走了，我就学那个道士，我说，哎哎哎，毛妮儿，咋蹲下啦你，不敢蹲下么！

毛妮儿又捂着嘴咯儿咯儿地笑。毛妮儿说，二罚二罚，你不敢再逗啦你，我快站不住啦我。

爷爷从后头走过来打了我一巴掌，爷爷说，猴鬼！你个小子蛋子！再笑！再笑！

我捂着脑袋转过脸去，看见龙王爷的牌位倒了一个，我就叫，爷爷爷爷，我不敢笑了，你把龙王牌牌给碰倒啦！

爷爷赶紧一拐一拐走过去扶好牌子，赶紧点上一炷香，赶紧跪下给龙王磕头。我和毛妮儿就又悄悄地笑。

等爷爷走了，我就叫她，我说，毛妮儿，咱们和张老师说说叫他们再多祈几天雨吧。

毛妮儿说，为啥呀？

我说，那咱们就能多在这站几天盆啦。我说，毛妮儿，我真想和你一块多站几天，咱们穿上这红裤红兜兜真好看。

毛妮儿说，二罚，你真会瞎说你。祈雨的事情是道士管的，张老师又不管。

我说，毛妮儿你真傻，这个道士他也是张老师的学生，是老师的学生他就得听老师的话。你没看见刚才张老师说他，他就不敢回嘴。

毛妮儿就点点头，毛妮儿就抿着嘴笑。她一笑，脸上就有两个小圆坑坑。她穿着红裤红兜兜戴着柳条荆冠，她真好像是东海龙王的公主。那本小人书上说东海龙王的公主从海里游到岸上来玩，就碰见那个叫张羽的人了。公主想和张羽结婚，龙王不愿意，就把公主给关起来了。张羽照公主说的办法，得了龙王的一个宝贝，就把宝贝放到大锅里盛上海水煮，使劲煮，使劲煮，就把大海给煮开了，龙王害怕了，就放了公主。张羽就和公主结了婚。公主就给张羽当媳妇，一起过上了幸福的生活，就不回海里去了。

我说，毛妮儿，你知道张羽是谁么？

毛妮儿说，不知道。

我说，张羽就是那个和龙王的公主结婚的人。我家里有这个小人书，我给你拿来看看，你就知道了。你现在这么好看就像是个龙王的公主。

毛妮儿的脸就又红了，就又有了两个小圆窝窝。

我说，毛妮儿你知道我长大了想当个啥么？

毛妮儿说，想当啥？

我说，我就想当个张老师。

毛妮儿说，为啥？

我说，当个张老师说话谁都得听，道士得听，我爷爷得听，我爸也得听，我妈也得听，我奶奶也得听。他们都听我的话，我就不叫我妈老和我奶奶闹架。我就叫他们多祈几天雨，咱们好多玩几天。

毛妮儿说，二罚你就胡说吧你，你奶奶就听不见人说话。

我说，你才胡说呢，我说啥话我奶奶都能听得懂，没有一句她听不懂的。我爷爷说他还要背我奶奶来听戏来呢！

毛妮儿就撇嘴。她一撇嘴可真难看。她一撇嘴就一点也不像是东海龙王的公主了。

我说，毛妮儿，你说为啥就没有一个人给咱们张老师当媳妇呀，她给咱们张老师当了媳妇不是也能过上幸福的生活吗？可为啥就没有呀你说？

毛妮儿摇摇头，毛妮儿说，我也不知道。毛妮儿说，这都是大人的事情，我哪知道这些大人的事情呀。二罚，你也不用瞎猜了你。

白蛇为啥就救不出许仙来呢？他们演戏为啥就没有后来呢？村里的大人们都有个媳妇，为啥就没有人和张老师一块儿过幸福的生活呢？这些大人们真是麻烦人呀他们。

八

赵万金

我给她把尿盔子放到身子旁边，我又抱着她尿了，再把尿倒了。给她梳了头。给她换件干净衣裳。再把腰带给她扎紧。这事情可得仔细点儿，等会儿背她的时候别再把裤子给她揪拽下来，那成了啥事情了？啊？我把她慢慢地往炕沿上挪。她就哇哇地跟我说，她就一把一把地伸出手来想跟着我一块儿使劲。谁说哑巴听不懂事情呀？我还没说呢，她倒他妈×的全懂了她。她倒知道我是要背她去看戏去了她。

我就说她，行啦你，不用你帮忙添乱啦你，你就别伸手了你，再绊着我，再踩着你，咳呀，你咋这么不听说呀你。她就又哇哇地跟我说话。我把她挪到了炕边上，把她的两条腿先摆到炕沿下边，再把她往外边挪挪，我转过身去，拉住她一条胳膊搭到我肩膀上，再拉一条胳膊搭到肩膀上。

我拍拍她的手，我说，搂紧喽。她就搂住我的脖子。

我翻回两只手去兜住她的屁股，咳，人瘦啦，看看人熬煎得瘦成啥啦呀，瘦得连屁股上的肉也快没有了，光剩下骨头了，骨头硬得还硌手呢。咳，还是老话说得对呀——有什么别有病，没什么别没钱。人一有了病，一有了大病，人就活得不像个人，人就活得光剩下受罪了。阎王呀，小鬼儿呀，地狱呀，迷魂汤呀，那都是瞎说，那都是人想出来的东西，谁真见过呀？用不着说这么多，想这么多，人一得病就算是活活地下了地狱，用不着喝迷魂汤，用不着小鬼儿领路，就在你眼前头明明白白地摆着，你想躲躲不开，想逃逃不了，你就得睁着两只眼活受罪。我兜住她刚一使劲，她哇一声叫唤开了，眼泪珠子哗哗地流进我的脖领子里。我赶紧松开她，赶紧转过身来抱住她，我一边给她抹眼泪一边哄她，哎呀，哎呀，知道啦，知道啦，弄疼你啦，弄着咱的褥疮啦！来来来，快叫我看看吧，看看弄破了没有吧？她就哇哇地哭。我就赶紧又给她解开腰带，把她翻过身去，给她褪下裤子来。咳，可不是弄破了嘛。瞧瞧瞧瞧，又是脓又是血的，能不疼吗，能不哭吗，啊？哎咳咳咳，我的那人呀，你这一辈子咋就得受这么些的罪，咋就得受这么多的熬煎，咋就这么恓惶呀你？行啦，行啦，别哭啦。来吧，叫老伴给你擦擦吧。

我就打开躺柜，从包袱里揪出一把棉花来。我慢慢地，我轻轻地，这回可别再弄疼了我的那哑巴人，可别再弄疼了我的那可怜人啦。

我给她收拾干净。我把裤子再给她系好。我给她抹抹眼泪。我问她，要不算了吧，咱们别去了？我就在家里和你待着吧？她就摇头，她就哇哇，她就朝我伸出两条胳膊来。你瞧瞧，你瞧瞧。这哪是个哑巴呀？她心里比挂了一盘镜子还要清楚还要明白。她就知道庙里正唱戏呢。她就知道我答应了她好几回了。她天天躺在这盘炕上，瘫着，烂着，她都快憋疯了她都。她朝我伸着两只手哇哇，她就不把手放下，她就又流下眼泪来了她。咳，你说说，你说说，一个人这算是活成了啥啦，啊？你说你是个刚刚生下来的娃娃吧？你可是满脑袋的白头发。你说你是个六七十的老婆婆吧？你可在这给我伸着两只手哇哇地掉眼泪。咳，真是活成了废物，真是活成了小娃娃家啦。一口奶喝不上就哇哇地哭。就是个哭，就是个哭。想办个事情就哭，不想办个事情还是个哭。行啦，行啦，别哭啦，去，咱们去。我今天就是累死累活，我也要带上你看戏去。看看她白蛇是咋发的大水，看看她白蛇是咋把那个金山寺给它淹了的，看看那个法海老和尚咋就那么大的法。唉——这天底下哪有灵芝草呀？真要是有，我破上命也给你弄一棵来，也要把咱的病给治好了它。别哭啦，咱们走。来吧，这回再搂紧了。我的手躲开点，这回可千万别再把咱的褥疮给碰着了。

来，起——走——行，你老伴现在还有把子力气，还能背得动自己的老婆。来，咱们撩帘子。来，咱们过门槛。来，咱们转回身来搭上门。走，走，咱们躲着点这个大碾盘，别叫它碰了咱的脚。看见了吧，啊？看看这天有多蓝，看看这天有多晴朗。咳，其实现在天越晴朗咱们老百姓越倒霉。他狗日的要老这么晴朗，上哪找云彩下雨去呀你说？啊？他狗日的一滴滴的雨也不给下，咱们种地的人上哪找收成去呀？旱他妈×的一颗颗的庄稼也收不下，人还吃啥呀？还咋他妈×的活呀？啊？你看看这是荷花家的院子，你看看荷花的这棵李子树落了多少果子呀，树底下绿瓦瓦地落了一层，树枝上落得空落落的看不见啥果子了。这都是旱的。两年不下一场透雨，旱得连李子树都挂不住果子啦。你看看咱村的那泉水，还有吗？啊？咱这泉水一年四季哗啦哗啦地流，现在你他妈×的除了能看见泉水底下的干石头子儿，你还能看见啥呀你？现在咱村喝水用水，都得赶上牛到老林沟驮去。跑两晌驮回八木桶水，三户分给一桶水。连吃饭喝水、喂牲口都紧巴巴的。没人敢洗衣裳，也没水让人洗衣裳。弄一盆水洗脸、洗手、洗菜，洗成稠汤了还不敢倒，还得留着喂牲口、熬猪食。你自个闻闻你自个，你说你身上都成了啥味气啦？哪敢给你洗呀？上哪找水给你洗呀？凑和点吧，凑和着瞎胡地活吧，指不定哪一天连老林沟的泉也他妈×的旱成干石头喽，大伙就全他妈×的不用发愁了，就全他妈×的让老天爷给旱死算尿啦！行啦，走吧，你就别跟我哇哇啦。你问我。我问谁去呀我？天旱成这个样我哪知道这是为啥呀？老天爷的事情谁能管得了呀。张老师他管不了。臭蛋那个狗日的他也管不了。我这个有史以来的第一个共产党员也照样管他妈×的不了！走吧，管不了咱就走吧。咱还是听咱的戏去吧。县剧团来的这几个演员嗓门都不错，唱得怪响亮的。咳，跟你说这个干啥呀？你那耳朵是摆设，拿把刀把你这两只耳朵割下来放到戏台上去，放到那几个人嘴跟前去，你也还是听不见。跟你说这个干啥呀，我真是糊涂我。行啦，行啦，别哇哇啦。精明的你狗日的啥也能猜出来，又猜出来是说你的不好啦。行啦，行啦，不说你的耳朵了。咱快走吧，你没听见庙里又唱开了？

走——走——咱们走到喽。来，进庙门。来，各位给借个光，给让一让。没看见老汉憋得脸都红了么？快给让让吧。不用笑！你们笑啥呀笑？哑巴就咋啦？哑巴听不见，哑巴又不是看不见。听不见闹红火，看得见也行吧？来来来，荞麦，你狗日的你眼瞎啦？还不快点过来接一把！等啥哪等？等着你爸你妈一块都累死，你狗日的你就省心了是吧？啊？快！接住些。行了，就放到这，就放到我边上，我好扶着她，我好给她讲。行了，你就坐下吧，你就别哇哇啦。你哇哇人家别人还听不听呀？

你听我跟你说。你看，这个穿白衣裳的是白蛇，她在峨嵋山修炼千年修成了蛇精。她修炼成精了，就不想在山里待着了，就想下凡。说白了就是她一个女人家想男人了。她就带着她的师妹小青，一块下凡来了。她们在杭州西湖边上碰见这个穿长衫的男人了，这男人叫许仙，是个没用的念书的男人。赶好碰上下雨，许仙就把自己的雨伞借给白蛇使唤，自己倒淋了雨。白蛇她就看上许仙了。白蛇和许仙相好，给许仙怀上了娃娃。可许仙念了那些个书全他妈×的白念了，这狗日的就信了法海的话，叫白蛇喝了雄黄酒，显了原形。许仙看见一条大白蛇就把自己吓出病来了。白蛇又和小青一块上仙山盗来灵芝草救活了许仙。可是许仙这个没用的东西又听了法海和尚的话，离开白蛇住进金山寺。白蛇就来找法海要人。法海不给。白蛇就带着虾兵蟹将发大水淹了金山寺。发了大水也没把许仙救出来。法海打败了白蛇，把白蛇压在雷峰塔底下。过了不知道多少年，后来小青和白蛇的儿子又把雷峰塔烧塌了，才把白蛇救出来。行了，大概也就是这么一回子事情。其实呢，神仙鬼怪的这些古话儿，也都和人的事情差不多，也都是说的一个道理，也都是说的人自己想办可又办不成的事情。你不信你就看吧，凡是人想办他又办不成的事，一准就有一出戏唱这个事，一唱戏，凡是人平常办不成的事情，在戏里一准就办成了。要不人们怎么会这么爱看戏呢。一到了戏里，你想干啥就干啥，想怎么干，就怎么干！连他妈×的老天爷都得听你的，都得由你编派。窦娥她是冤枉了吧？戏里就叫你大六月天的下开雪啦！你要跟谁说六月天下雪了，看看有人信你么？可他妈×的一唱戏，你就信了，你狗日的就信得真真的。你看你看，这个白蛇和小青舞着剑跑过来跑过去的，就是发水呢。那个挂了一串念珠的胖和尚就是法海。咱们村请人家来，就唱这一折发大水的戏。也是盼着龙王能给发一回大水，好解救了咱们这些种庄稼的老百姓。也是想学学窦娥，想叫老天爷发发慈悲，可怜可怜咱老百姓。咱们不用他下雪，他给咱下场透雨就行啦就。就给他狗日的磕多少头都行。行啦，行啦，你自个看吧，我说得都累了，说得口都干了。你叫我也歇歇吧，行不？哈，笑开了。行，算是我没白费劲。算是我没有白累这一场。好好看吧。好好笑吧。从打瘫在炕上，还没见她这么笑过一回呢。老天爷呀老天爷，也算是我心诚则灵吧，我累这么一场，背她这么一趟，你也叫我的这恓惶人笑了一回，你也叫我的这可怜人高兴了一下下。行，她高兴，我就知足。她高兴这么一下下，我就知足到家了我！我给你磕头。我给你烧香。我给你跪下了我。哇哇吧，哇哇吧，你好好地哇哇几声吧。从瘫到炕上那天起，这是她头一回有了一点笑脸儿了她。嘿——我的那天爷爷，真能把人熬煎死呀！

九

荷花

你说这个大胖和尚他咋就这么坏呀他？他为啥就扣住人家白蛇的男人不给人家呀？你说这男人他咋就这么窝囊呀他，谁说啥他就信啥，不是说他还是个秀才呢吗？合着念多少书都白念啦他。合着念多少书也分不出个好赖，念多少书也认不出个真心假心？要是念了书也还是这么没有用，那还念它干啥？天底下这些念书的男人咋都是这么糊涂呀？啊？

我就扭过头去问她，我说，三奶奶，你说的那个大胖和尚他叫啥来着？

三奶奶扬着个头盯着戏台，三奶奶说，哎呀，荷花，都说了三回啦，他叫法海。他住的这个庙叫金山寺。白蛇的那个男人叫许仙。

对。法海。许仙。要说这白蛇也够个好心的了。使了人家一回雨伞，就认住一个男人，就把一辈子许给人家了，就给这男人怀了娃娃，真是够个好心的了！

老张一回一回地问，老张说，荷花，你爸是支书？我说，是支书。老张说，你爸是主任。我说，是主任。老张说，那你可就不是个一般群众。你那天早起也去了老神树底下，你也看见那张黄裱纸了，你也听见人们都说啥了。你给说说，陈三爷都说了啥？张仲银都说了啥？

这个老张就是个专门坏人家事情的法海。这个叫法海的大胖和尚他原来肯定也姓张。我就不听他给我戴高帽子，我又不是许仙，我才没听他那一套呢。

我说，老张，那天早起我去了，我也看见了，我也听见了。陈三爷说这张黄裱纸是天书，上边写的都是老天爷要说的话，说是要天下大乱了，说是老百姓的日子要过不下去了，大伙得求老天爷保佑天下太平。

仲银说，这都是封建迷信。仲银站在那儿看他们胡闹，仲银起根儿上就看不起他们，仲银就不搭理他们。

老张说，荷花，不对吧。我听说的可不是这个样。有人说张仲银可不是这么说的。张仲银他说，这张黄裱纸是毛主席号召大家搞“文化大革命”的，谁要是敢不听，谁要是不参加运动老天爷就要罚人。我就把手里的水瓢扔进缸里了，铁水瓢咕咚一声沉到缸底下，晃晃悠悠的像只凫水的黑老鳖。我看看水瓢，我说，老张，你一个公家人，你办事情得讲理，得公平。那天早起我从头到尾都在跟前，你听说的那些话，我一句也没听见。人家仲银一直就说我们是封建，是迷信，就没提毛主席一个字。你不信，我敢拿命担保。我要是瞎说，我要是有一句说的不是实话，就叫雷劈死我，就叫我烂了嘴，瞎了眼。

老张就笑起来，老张说，荷花，我一个国家公安干部，我得按政策办事，我不能凭一个普通群众发誓诅咒办事。我要是和一个普通群众一个水平，我还叫啥国家干部呀，啊？

你看看这个法海他心有多硬，你看看这个法海他心有多狠，白蛇咋求，咋哭，他个狗日的都不放人。他还是把白蛇给压到雷峰塔底下了。我咋说，老张他都不信我。他那张黑脸上挂着一脸的坏主意，他就像那个沉到缸底下的老鳖。他就听不懂一句人话。他就没有一点人心。他就是个老鳖，咬人死不松嘴的货。他腰里哗啦哗啦的挂着那副手铐子，挂着那把手枪，他黑着一张脸在村里走来走去，他个老鳖就是要抓人，他就是非把仲银给抓走不可。他除了他的政策别的啥也听不懂，啥也看不见。他就和这个大胖和尚一个样。他也是个法海。你看看，这个法海把他的钵盂扣到白蛇头上了，扣得白蛇满地下地打滚，白蛇可怜地在地上滚过来滚过去，滚过去滚过来，她还是叫法海那个狗日的给抓走了。

我在老神树底下抓着老张的胳膊，我求他，我说，老张，老张，你准是抓错人啦！他一个教书的人，他咋能做下这种事呢他。老张就把我的手掰开，老张说，荷花，我是国家公安干部，我得按照政策办事，我怎么能听一个普通群众的话呢我！他就举着那把黑乌乌的手枪，拉着那个明晃晃的手铐子把他给抓走了。气得我在老神树底下哇哇地哭。我手里咋就没有把宝剑呀？我咋就不会发大水呀我？老张把他押到监狱里一押就是整整的八年。白蛇她在地上滚过来滚过去，法海也还是照样的狠心，也还是照样的不理她，没有人知道白蛇她心里头到底有多难受，没有人知道白蛇的心比叫人割下来放到油锅里熬煎还要难受。

三奶奶说，咳呀，看看这个荷花，看一个戏就把你哭成个这样啦！咳呀，看一个戏就把你哭成个这样啦！你看你这人可笑么你？荷花，快不用哭了吧你。

我就笑，我说，三奶奶，你看我糊涂的我，就忘了这是唱戏了，就忘了唱戏的事情都是假的。我真是没意思呀我。

三奶奶就笑，三奶奶说，快看吧，快看吧，你看看，法海把个白蛇给押到塔下头了！这一押可就不知道是几百几千年啦！你看这许仙恓惶的，抱着个娃娃就会哭。

牛娃不叫我去，我偏去。我就骂他，就咋啦就？连娃娃也给你生下一堆了，你狗日的还怕啥？还怕我跑了？我现在了还能往哪儿跑呀我，我跑到哪儿还有人要我呀？

我卷了两件衣裳我就走。推门进去我就愣住了。我就认不出他来了。他精瘦精瘦的一张干脸，头上戴了顶崭新的蓝帽子。看见我进去他就站起来冲我笑，他看我还愣着就摘下帽子来。

他说，荷花，你来啦。他说，嘿嘿，认不出来了吧？他说，我不愿意叫人看这个光头，就和李京生借钱买了个帽子戴。

他说，荷花，你坐下吧荷花。他说，你咋不坐呀你？他说，荷花，你咋哭了呀你？荷花，你哭啥呀你？我就哭。我就哭。我就哭。我的眼泪就止不住啦我！我就在心里骂自己，你狗日的咋这么没有出息呀你。说不哭，说不哭，见了面你还是个哭。现在再流多少眼泪也是没用啦。现在生米做成了熟饭啦。我就是哭死哭活也是白哭。我就是哭死哭活他也是白白地在监狱里蹲了八年，蹲得连人也快认不得了。

他说，荷花荷花，你别哭啦你。他说，荷花，我听说你和牛娃结婚了，孩子都有了两三个了。人真是不能蹲监狱呀，人一蹲了监狱就把人蹲毁了，就把人蹲傻了，你不想听啥，这傻子他就专门对你说啥。我把那一卷衣服杵给他，我说，你少说我的事情吧你，我的事情不用你管，你还是管管你自己吧。他就挺着一张干脸又冲我笑，他说，荷花，这是你和牛娃给我的？真是谢谢你们俩呀！我一跺脚我就走了我。人真是不能蹲监狱呀。他真是傻得什么事情也不知道了他！我原来还想叫上他去家里吃顿饭，一个人刚从监狱里放出来，家里头冷锅冷灶的啥也没有，吃啥呀他。可他这么傻你还能和他说啥呀？他傻得成了块木头了。叫上这么块木头回家叫那冤家看我的笑话呀？我给你双鞋垫你看不起，你不要。现在我给你一卷子衣服你倒要了，你倒还要说是牛娃送的，周详的你，客气的你，还要谢谢。你谢吧你。你好好地谢吧你。他狗日的恨不能一刀子宰了你。你倒还在这谢谢他。人真是不能蹲监狱呀，人一蹲了监狱咋就瘦成这样，变成这样了呢？他的头发呢？他那一脸的神气呢？他那浑身上下的年轻好看呢？他那个明晃晃的铜铃铛呢？都上哪儿去了呀？一眨眼咋都没有了？咋都跑得光光的？他咋就变得根本就不是他了呀？他变到哪儿去了呀？眼前这个满脸干笑着谢谢我的男人他是谁呀？啊？整整八年呀，整整八年呀，把好好的一个大活人关在里边叫他受了多少罪呀，啊？那都是人能受的罪吗？你把一头牲口关八年也得把它关毁了！我就哭。我就哭。我的眼泪叫风从脸上斜斜地刮下来，凉凉的，冷冷的，我就伸手一遍一遍地往下抹。

他走过来搡了我一把。他说，嘿呀，你真是看戏看得不要命啦你？不吃饭啦？不喂猪啦？不管孩子们饿不饿啦？就这么一折子戏，看过来看过去，你要看多少遍才算是个够呀你，啊？

我转过脸去又抹了一把泪。

牛娃就又叫唤，嘿呀呀，看看哭得，看看哭得。一个看戏就能把人哭死呀，就能哭出人命来呀？

三奶奶又转过脸来朝我笑。三奶奶说，牛娃家的，快回吧，看戏看得误了饭啦。

我提着小板凳站起来，牛娃跟在我后边，我看见满院子的人都朝我笑。他坐在人堆儿里也朝我笑。

十

翠巧

坐在地上就看见老神树把一盘月亮从自己的翅膀底下慢慢地放出来了。月亮看看我，看看我的院子，看看我的房子，她就看见我这一大铺子西番莲了。红的血红，白的雪白。叫月亮一照，冷冷的，沉沉的，银亮银亮的。房子、院子、西番莲和我就都沉在水里了。我就在水里走过来走过去的。我把一领新席紧挨窗户根儿铺到地上。再把炕桌摆好，把煤油灯的玻璃罩子擦干净，把灯点上。把菜一样一样地摆上。把烫好了酒的瓷壶坐在开水钵碗里，放在靠我这一边的桌角上。拿一把蒲扇搁在手边上。看我这么一样一样地弄，他就笑我。

他说，你这是要闹啥呀你？

我说，用问？你看摆了这一桌子是干啥？

他说，为啥非要在院里呀？

我指指月亮，指指桌子对面，我说，你看看今天的月明多好呀，你看看我种的这一铺子西番莲多好看呀，我今天就想让你在这西番莲下边跟我一块喝酒。

他说，你白天看了戏，还不够呀？晚上还要在家里自己唱戏呀你？

我就笑。我说，剧团那几个人不是都说我是你的白娘子吗？

他说，那你是想唱断桥借伞呀，你还是想唱盗仙草呀？

我给他斟上酒，给我也斟上酒。我说，我啥戏也不想唱，我就是想叫你吃我做的菜，我就是想叫你吃我捏的饺子，我就是想叫你高兴。你看看这月明多好呀，你看看这西番莲多好呀！我就是想和你一块喝一顿酒。

他说，你这是啥时候长的本事呀，你也敢喝酒啦你？

我就在水里把酒盅端起来，我说，满成，我啥时候也没学会喝酒，可我今天就是想和你喝一回酒。我就是想叫你高兴。

他就端起酒盅一口喝干了。我也端起酒盅一口喝干了。他吃菜。我也吃菜。我就在水里给他慢慢地摇扇子，我不想叫蚊子咬了他。

他看看月亮，看看西番莲，看看我，他就又笑起来，他说，你今天这是咋啦，你今天是想叫我当一回活神仙吧？

我就给他夹菜。我就给他添酒。我就给我夹菜。我就给我添酒。我就觉得我们在水里慢慢地浮起来了。一转眼，月亮就从老神树的翅膀头上升到半天里了。道士们歇下了，戏台上也歇下了，四下里没有一点响动，银亮银亮的水，把山，把房子，把树，把地都淹了，深深浅浅的，黑的漆黑，亮的雪亮。远远的一只杜鹃子藏在山影里哭，一声一声地从水底下传过来，又深，又远。

他又喝下一盅酒，他叫我，他说，娘——子——！他就在水里哈哈地笑。

我说，满成，许仙他就不该听法海胡说八道，他一个男人家他咋这么没主意，他咋这么爱起疑心呀他？白蛇把命都舍给他了，他还起疑心。

他又喝下一盅酒，他说，翠巧，你又不是白蛇，你怕啥呀？你喝多少酒你也是翠巧，你也变不成条蛇。你喝多少酒你也是我媳妇，你怕啥呀你？

我就给他夹菜，我就给他添酒。我说，满成，你好好地喝吧，喝够了，我再给你下饺子。韭菜馅儿的。我看看他，我说，满成，我才不当白蛇呢。我说，满成，我要是也碰上个害人的法海，你救我不救我呀？

他把酒盅放到水上，他说，救！自己的媳妇自己不救叫人家谁救呀？

我说，你也敢像白蛇一样舍了命救我？

他就笑，他说，嘿呀，你今天是喝酒喝醉了吧？他说，我说不叫你喝吧，我说不叫你喝吧，你看看你。

我也笑。我说，满成，我没醉。我说，来，我再陪你喝一盅吧。

我把酒一口喝下去。我在水上漂过来漂过去的。杜鹃子在水底下一声一声地哭，又深又远。银亮银亮的水从远处漫上来，把我俩也淹在水底下。老神树又黑又大的翅膀在水上高高地举着。老神树它能抱住月亮，它一准也能抱住我和满成。

他就喝。他就吃。看他喝够了，也吃够了。我就收拾。我撤下盘碗，撤下桌子。我把炕席扫干净。我把被褥抱出来，在水上铺平铺好。铺好了，吹了灯，我看看他。我看见他也在水上漂着，我也在水上漂着。

他说，翠巧，你咋把被子铺到外边来了？

我说，满成，前门我也插了，后门我也插了。

他说，哦。他说，咱哪天也插门呀。你告我这要干啥？

我说，满成，前门我也插了，后门我也插了。我插了门，就没人能看见了。

他说，看见啥呀翠巧?

我就躺到银亮银亮的水里。我躺在水里就和月亮脸对脸地躺在一块了。我说，满成，你说这月亮好看不好看。

他说，好看。

我说，满成，你说这西番莲好看不好看。

他说，好看。

我说，满成，你过来。我就把他拉到我怀里。他就在我怀里拱。他就在我怀里一口一口地喘气。他就一句一句地说我。他说，翠巧翠巧，你疯啦你！你疯啦你！我说，满成满成，我没疯。我就是想叫你高兴。我就是想和你在我的西番莲底下弄。我就是想在这花底下给你生个孩子。生个比花儿还要好看的儿子，生个比花儿还要好看的闺女。他说，翠巧翠巧，你疯啦你，你把我也弄疯啦你。我说，满成满成，我的那亲人，我的那亲哥，我的那命，我的那要命的哥哥呀！你就叫我给你死在这花儿底下吧……你就叫我给你死在这水里吧……月亮和我脸对脸地躺着，月亮看着我和满成在水里升上来，又沉下去；沉下去，又升上来……杜鹃子在水底下一声一声地哭，哭得又深，又远……满成满成你就叫我给你死了吧……你就叫我给你死了吧……

十一

荞麦

我把她扳过来，她就转过去。我把她扳过来，她就转过去。我把她又扳过来，她还是转过去。嘿呀，看看我这村长当得败兴么？看看我这村长当得败兴么？连他妈×自己被窝里的事情也管尿不了啦，还当他妈×的什么村长呀？啊？我就不扳她了。我就给她做思想工作。

我就叫她。我说，二罚他妈，你今天黑夜这是咋啦你？

她给我顶着个后脊梁，她不理我。

我说，二罚他妈，你今天到底是咋啦你？

她给我顶着个后脊梁，她还是不理我。

我说，我在外边闹这祈雨的事情，忙了一天，累了一天了，晚上回来还得和你生这个气呀？我就成了风箱里的老鼠了，老的老的给我气受，小的小的也给我气受。你们是不把我气死累死你们就不歇心是吧？你们是不要了我的命你们就不歇心是吧？啊？

她就抽抽搭搭地哭起来。她说，你不用装傻了你！到底是谁要谁的命呀？到底是谁要谁的命呀？你那个哑巴妈天天地这么咒我，天天地这么往死里咒我，到底是谁要谁的命呀，啊？从我进了你们赵家的门，我过过一天好日子，我过过一天歇心的日子吗？到底是谁要谁的命呀？

行了，又来了，又来了！我就知道又是这老一套。结婚二十年，天天就唱这一出戏，天天就唱这一出戏。你说你烦不烦，你说你腻不腻呀？就算是碗人参汤，一天叫你十遍八遍地喝，它也得把人喝他妈×的腻了吧？

我就叹了口气，我说，你还得叫我说多少遍呀？她一个哑巴，她一个瘫子，你好好的一个人你和她能认真吗你？她一个快死的人了，你能和她认真吗？她爱做啥做啥，你就假装看不见不就完了吗？再说你看看她那个样儿，你还能看几天呀你？

她说，你说得怪好听，你说得怪容易。她咋不咒你呀？她咋不咒你爸呀？她咋不咒你儿子呀？

咳呀，又来了，又是这一套，你和一个女人就他妈×的没法讲清楚个道理，你要是想和一个女人讲清楚道理，除非太阳从西边出来。我就耐着性子，我说，那你说我咋办？那是我妈！那不是条狗，不是头猪！我不能把我妈从家里轰出去吧？我也不能扎上个草人给她，叫她天天咒我吧？

她就抽抽搭搭地抹眼泪，她说，我就活该让她咒，我就活该死！那你还找我干啥呀？就叫你妈把我咒死算啦，我死了你们赵家爱找谁找谁去，你爱娶谁娶谁去。我死了你找你妈去吧你。你也不用在这给我装样啦，我还不知道你赵荞麦在五人坪弄了多少女人，你啥时候拿我当人看过？我还不如你家的一条狗一头猪呢我！

你看看这个他妈×的傻女人，你看看这个他妈×的畜生，你越给她脸，你越给她做思想工作，她倒是越来劲儿了她，她倒是越不知道天高地厚了她。我他妈×的当一个村长，连自己被窝里的事情也管不了了，我还叫什么村长呀？反了你了。你狗日的要上天，你狗日的要骑到我脖子上头。我赵荞麦再不是个东西，也还是个男人吧？你给脸不要脸的东西，我他妈×的不给你做思想工作啦！我就一把拽开被子，我照着她的屁股啪啪打了两巴掌，你再给我胡说你？你给我耍浑你？她就在炕上给我踢腾开了她，你打死我吧你，你打死我吧你！行，我打死你。我就照着屁股上再打，再打。我就攥拳头照脊背上咚咚地敲。我就拉着胳膊一把把她拽翻过来。你狗日的反了你了，你狗日的要骑到我脖子上头你。这家里你是男人呀还是我是男人呀？她就抓我，她就挠我。她就顶住我的腿。我就顶住她的腿。顶过来，顶过去。顶过去，顶过来。她就顶不动了她。我就猛一下子顶进去。我就他妈×的不给她做思想工作了我！我就他妈×的给她把思想工作做到底了我！我赵荞麦一个村长，一个男人，我就不信我连自己被窝里的事情也他妈×的管不了啦我！太阳还真从西边出来啦？啊？母鸡还真能叫明啦？啊？你他妈×的再有本事，你也不能把一个公鸡轰到窝里给你下蛋去吧？啊？

她就哭。我就进。她就哭。我就进。我就给她狗日的进到底了我就！

我把她揽过来，我给她抹一把脸上的水。我说，行了，行了，别他妈×的哭了你。

她就哭。她就哭。她说，你别理我你，你整死我吧你！

我说，你胡说你。整死你我二罚上哪找妈去呀？

她就哇哇地哭开了，你个鬼孙你还知道呀你？你还知道我给你生了儿子，你还知道我是二罚他妈呀你？

咳呀，我就知道又是说漏了嘴啦，又是叫她抓住话把儿啦！你当一个烂村长，你他妈×的就是生出十八只手来，你他妈×的就是累死，忙死，你回家来你也还是得受这些闲气！你也还是歇不下个心！老天爷你他妈×的咋就这么不长眼呀你?

十二

牛娃

我就弄。我就弄。她不理我。我就弄。她干得就像是白嘴吞炒面，又噎人，又涩巴。

我咋弄她也不理我。

我说，你可真干呀你。

她说，我都快五十啦我，不干还能咋呀？

我说，干得我还疼呢。

她说，活该！疼你还不停呢，疼你还忙呢，你还是不疼！

我说，不忙咋办呀？不在你这忙，你叫我上哪忙去呀？你叫我这种子往哪种去呀你？

她说，种也是白种。我早就熬干了我。身上啥也不来了可不是得干嘛。我早就熬干了我，一颗果果也结不下了我。

我说，那也得种。你是我老婆我就得种你。

我就弄！我就弄！我就弄！

她就叫，你死呀你，你想弄死我呀你？她就一把把我从身上推下来。她说，你想弄死我呀你。你是不想活了吧你？荞麦今天是又没有收拾你吧，啊？荞麦一天不收拾你你就不知道你是姓啥的了！荞麦一天不收拾你，你就要上房！

我就哭了我。你说说我这男人还是不是个男人呀，啊？你说我这男人当得恓惶不恓惶呀，啊？你说我他妈×的还是人不是人呀，啊？我就哭，我就说，我知道你看不上个我。我知道你就看上个他。我这一辈子算是白活了我，我当一辈子男人，娶他妈×了个人影影，和他妈×的个人影影过了一辈子我。你看不上我这个杀猪的你也是白看不上。人家一个大老师不是也看不上个你吗，啊？你熬煎了三十年你也是白熬煎。你娃娃都给我生下一大堆啦你，你连孙子都有啦你，你生下一大堆娃娃，你熬煎了三十年，你不是还是你？人家不是还是人家？

我一说，她也哭。我知道她是哭的谁。她是哭她自己，她是哭她心里的那个人。快三十年了，她动不动就哭一场，动不动就哭一场，她那眼泪攒起来都能流成一条河啦。可就没有一滴滴是给我流的。她狗日的流了三十年，她可不是得流干了吗！那狗日的身上有啥法宝呀，他给她施了啥魔法呀，他咋就把她的魂儿给勾走啦？一个婆姨的魂儿要是叫人给勾走了，就他妈×的谁也别再想找回来了，连老天爷来了也是白搭。他一从监狱里放回来，她就吵着要去，我不让去她就哭。她拿着衣裳走了我就在后头跟着。她从庙里出来了，我还在后头跟着，我就看见她一把一把地抹眼泪。她在前边抹眼泪，我他妈×的在后边抹眼泪。我这男人当得真是败兴死啦我。自己的女人拿了自己男人的衣裳给他妈×的个野男人送去，你不光挡不住，你还得在后边跟着，你还得在后边他妈×的眼睁睁地看着。你说我他妈×的冤不冤呀我。我一跺脚，我不跟着了我！

我他妈×的转回去和他评评理去我！我就又回到庙里，一推门，我看见他光着个头坐在床上，手里拿着我的衣裳。我还没看见过他光头。我就愣住了。他坐在床上朝我笑。他说，牛娃，你来啦牛娃。你是来找荷花来的吧？荷花她刚走。我指着他手里的衣裳，我说，这是我的衣裳。他就还笑，他说，牛娃，我知道是你的。刚才荷花说是你叫她给送来的。他说，真是谢谢你呀牛娃！他说，牛娃，你可真是心细呀你！我就哼哼哈哈地说不出话来了。我就说，仲银，也不知道我的衣裳你穿着大小合适不合适？他就笑，他就说，合适合适合适！他就把衣裳穿上叫我看，他说，牛娃牛娃，你看看，真的是挺合适的。我还能说他妈×的啥呀我？你可不是合适吗你！你说你一个教书的，你他妈×的在哪儿教不行呀你？你干吗非要跑到五人坪，非要跑到她眼皮子底下来教书呀你？啊？这么大的天，这么大的地，为啥你非得跟我过不去呀你？老张都把你给抓走了，你可还非要回来干啥呀你？你他妈×的非得要等着我一刀子宰了你，你才歇心。你他妈×的非得叫老张把我也给抓走喽，你他妈×的非得叫我也蹲上八年的大狱你才歇心。他就把胳膊伸到我眼前头，他就笑，他说，牛娃，你看看多合适。他说，牛娃，你可真是心细呀你。我就哼哼哈哈的一句话也说不出来了我。我就想不明白，他一个蹲了八年大狱的人，他哪点儿比我强呀他？

我哭了一阵就哭得没有意思了。她哭了一阵也哭得没有意思了。她也不是白蛇。我也不是许仙。都不是个唱戏的，一家子人躺到炕上你说你有个什么哭头呀你？再有啥不高兴的事情，天一亮，也还是得在一个锅里喝米汤。天一亮，也还是我是她男人，她是我老婆。看得上是，看不上也是。看上看不上也是一块过了快三十年了。看上看不上也是生下娃娃一大堆了。天一亮，只要人不死，就还得在一块过日子。我抽抽鼻子，我叹了一口气，我就不哭了我。

她也叹了一口气，她也不哭了。

她推推我。她说，行啦，别哭啦你，别委屈啦你，你来吧你。

我就再弄。我就再弄。我就弄他妈×的不动啦我。

我说，你可真干呀你！你他妈×的干死我啦你！

她又推推我。她说，你听！你听！

我说，听啥呀听？

她说，你听，你就没听见？

我说，你他妈×的都干死我啦都，我哪还顾得上听呀。

她说，你没听见李子树又落果了？白天我就数过了，树上就剩下最后两颗果子了。这么一落，就连一颗果子也没有了。和我一样，它也是熬干了它。天这么旱，它可真是难受死啦它！

我说，这都是啥时候呀，你还要管个它？你可真干呀你，你快干死我啦你！

她不理我。她说，它也是熬干了它。天这么旱，它可真是难受死啦它。

十三

高卫东

我一大早就听见他们在院子里吱吱哇哇地叫嚷。我知道他们都在那等着我呢。这十里八乡的人，憋了八九天，就是要等着看我这一锤子呢。他们越急，我就越得叫他们等，我就越得沉住了气。等到他们全都耐不住了，我再出去。我一出去，我就得把这十里八乡的人全他妈×的给震住。我身上背着他呢，我就不信震不住这些个老百姓。他们谁也不知道，我在半夜里就把他背到后背上了。我只要把他背到身上我就没有办不成的事情。我用锅灰抹了脸。我把红布条系到脑门上。我把八卦道袍这么一披，我就把他给藏起来了。有他保佑就没有办不成的事情。我把抹了银漆的桃木宝剑在脸前一举，剑尖齐眉，剑把齐腰。

我抬脚一踹，哗——！我就把门给他妈×地踹开啦！

满院子的人嘿呀呀——一阵喊叫。我就知道我把他们狗日的全给震住啦！

我把宝剑一指，我说，放——！

站在龙王牌位前边的九个后生就把九挂响鞭点着了。庙院里一阵噼里啪啦震得耳朵嗡嗡地响。蓝烟呛得人喘不上气。九挂响鞭的下边是一排溜九张大红纸，炸碎了的纸末子，哗哗地落到红纸上，眨眼就是厚厚的一层。崩出来的碎炮“日日”地在人堆里横飞乱打。婆姨娃娃们嗷嗷地叫成一片。

我再把宝剑一抡，我说，起——！

戏台上的响器们就呜哩哇啦敲打起来。吹打的是《北京有个金太阳》。我今天得给十里八乡的乡亲们把事情办得漂亮点。我今天也得让张老师高兴高兴。这里三层外三层围着的人谁他也不知道，我这个曲儿是给张老师预备的，我就知道他一听准得高兴。我早就吩咐好了，不用管点儿对不对，也不用管调儿对不对，你们只管给我死命地吹打就行，给我吹打得人们啥也听他妈×的不见了就行。哪个狗日的也不许偷奸把滑，都得给我死命地吹。我宝剑一抡，我就看见这几个弟兄在戏台上脸红脖子粗的摇晃成一片。我就抡着宝剑走到龙王牌位前边，我把宝剑伸到香炉的九炷香火的烟头上，左晃三下，右晃三下，前晃三下，后晃三下，上晃三下，下晃三下。我把宝剑比到脑门儿的红布上，我眯着眼，我掐诀念咒，掐诀念咒，掐诀念咒。我围着那块黑布，左转三圈，右转三圈，前转三圈，后转三圈，正转三圈，反转三圈。我掐诀念咒，掐诀念咒，掐诀念咒，掐诀念咒。我把宝剑一伸，在人们鼻子尖儿上哗哗哗一阵乱砍。人群就像叫鞭子抽到身上的羊群一样哗哗地往后退。我把宝剑一收，人群又都哗哗地朝前挤。大伙都瞪着眼睛看我的宝剑，看我的脸，看我的道袍看那块盖得严严实实的黑布。除了我们几个做道场的人，谁也不知道这块黑布底下盖的是什么。

我把宝剑朝天上一砍，我说，天上起了云——！

满院子的人都扬起头来，我就看不见头发了，我眼前头黄蜡蜡白生生一片扬起来的脸。他们看见了。我也看见了。人人都和我一样看见了。今天早上到底起云了。今天早上起了满天的云！

我把宝剑朝地上一砍，我说，地上起了风——！

满院子的人都低下头来，我就看不见人脸了，我眼前头黑乎乎乱哄哄一片低下去的头。他们看见了。我也看见了。人人都和我一样看见了。今天早上到底起风了。今天早上刮起满地的风！

我左砍三剑，右砍三剑，前砍三剑，后砍三剑，上砍三剑，下砍三剑。我砍得眼睛前头一片白光。我砍得耳朵边上呼呼乱响。

我把宝剑挑到黑布底下，我说，本道长今日请来四方龙神要捉拿旱魃妖魔！

我把宝剑一挑，那个纸糊的妖精就露出来了。四下里又是一片嘿呀呀的喊叫。我把他背在后背上，我就知道没有办不成的事情。我照着这妖精的心口窝哗啦一剑扎下去，我就他妈×的把它给扎穿啦！我就势朝起一挑，就把这个纸妖精举到头顶上了。人们嘿嘿呀呀地围上来。一个一个瞪着眼，张着嘴，他们全他妈×的叫我给震住了。看看他们，看看他们，看看这满院子的傻羊。他们跑了一二十里路，跑到这个庙里来，就是为的看我这个道士到底有多大的法术。他们挤过来，挤过去，就是为的看看我到底是怎么就能抓住旱魔妖精，到底是怎么就能把龙王请来的。我这满脸的锅灰，我这根红布条，我这把桃木宝剑，我这一身八卦道袍，就把他们全都给震住了。我后背上背着他，我就没有办不成的事情！我现在越邪气，我现在越张狂，我现在越是不像个人，我现在越是像个妖怪，他们就越是相信我，他们就越是害怕我，他们就越不知道原来的我是个谁。你越是把他们当成畜生，他们就越是把你当成神仙。我掐诀念咒，掐诀念咒，掐诀念咒，掐诀念咒。傻羊们，你们挤吧，你们看吧！你们好好看看我是谁？我他妈×的今天不是高臭蛋啦我。我他妈×的今天是神仙转世，我是呼风驾雨的高道长！我后背上背着他呢我。你们好好看看我是谁？我左转右转，左转右转，左转右转，左转右转。我把他背在后背上就没有办不成的事情。

我抽冷子长叫一嗓子，啊呀呀呀——！

我把道袍的长袖子一甩，朝着身边的人脸上抽过去。我说，妖魔在此，莫沾邪气！

人群哗哗地往后退。我左边抽一下，右边抽一下。左边抽一下，右边抽一下。左边抽一下，右边抽一下。我抽在他们脸上啪啪地响，我抽得他们哇哇地叫。我就像泼开水一样把人群给抽开了。我就在挤过来挤过去的人群里抽出一条路来。我现在叫他们往西他们就不敢往东。我现在叫他们往东他们就不敢往西。我就像是轰羊群一样轰着他们转过来，转过去，转过去，转过来。

我说，金童玉女随行——！

二罚和毛妮儿一左一右，一人抱了一个玻璃瓶子，跟着走过来。九个后生把炸碎了的纸末包在大红纸里跟着走过来。戏台上的响器班子吹吹打打地也跟着走过来。我举着旱魔妖精，我领着金童玉女，领着九个后生，领着九个大红纸包，领着响器班子，领着十里八乡的人们，从庙里浩浩荡荡走到外边。我领着人们浩浩荡荡走过老神树，浩浩荡荡走到老林沟的沟口上。满山的草都旱得卷了叶子。满沟里都旱得只有干干的石头。泉上没有水。地里没有庄稼。大旱两年，人们的心里旱得一星星的指望也没有啦。看看我身子后头这些个人吧，这些个十里八乡远远近近跑来的人，他们现在一心指望的就是我了。他们现在一心能指望的也就剩下我了。祈雨九天，成败就在这一下了。下雨不下雨，我也得给他们做到底。下雨不下雨，我也得叫他们相信，从今天往后，这狗日的老天爷他就是下了一滴滴的雨水，那也是我这道士给他们祈雨祈来的。雨水下够了，那是我的法力无边。雨水没下够，那是你们这些祈雨的人心不够诚，意不够敬，龙王爷爷他不高兴。祈雨九天，费尽了周折，都是为了今天这一下。这么大的事情，我今天不能不把他背上。我掐诀念咒，掐诀念咒，掐诀念咒，掐诀念咒。我说："以纸做旱魃，焚于郊野——！"看看那几个傻后生没听懂，我又说，架火烧旱魔妖精——！

九个后生把九个纸包堆到一起，九个后生用九个火种把纸包点着。烟起来了。火也起来了。我掐诀念咒，掐诀念咒，掐诀念咒，掐诀念咒。我把这个纸糊的妖精扔进火里。有风。有烟。有火。我掐诀念咒，掐诀念咒，掐诀念咒，掐诀念咒。我把宝剑伸进火里。我把宝剑举到天上。我把宝剑伸进火里左转三圈，右转三圈。我把宝剑举到天上右转三圈，左转三圈。烟就呼呼地冒。火就啪啪地响。这个纸糊的妖精一眨眼，就他妈×的烧成了灰了。这个纸糊的妖精一眨眼，就变成黑灰叫风哗哗地吹得满天满地地滚。

我把宝剑插进鞘里。我说，回庙等候金童玉女引回龙水。

响器班子就吹吹打打地转回身去。十里八乡的人们就都跟着往回走。三步一回头。五步一回头。慢慢地，就都从老神树的下边拐进村里去了。我眯着眼睛，我掐诀念咒，掐诀念咒，掐诀念咒，掐诀念咒。身边的两个孩子就都扬着个头看我，都不知道还要干什么。我掐诀念咒，掐诀念咒，掐诀念咒……

二罚揪揪我的道袍，二罚说，臭蛋叔叔你别念了。二罚又揪揪我的道袍，二罚说，臭蛋叔叔，咱们为啥不跟着他们回去呀？

我就不念了。我说，二罚，毛妮儿，走，跟我上老林沟装水去。

毛妮儿说，为啥上老林沟呀？为啥走那么远呀？

我说，咱们现在光烧死了旱魔妖精还不行，还得到老林沟把龙王的水引回来，没有龙王的水谁给咱们下雨呀？

二罚就不揪我的道袍了。二罚撅着个嘴，二罚说，来回得走二十里呢。二罚说，臭蛋叔叔，咱还不如回村去装上两瓶水呢。

我就沉下脸来，我说，你们知道啥！你们快给我走吧你们！

两个娃娃就不敢再说话了。两个娃娃就乖乖地跟上我一直往老林沟里走。

天上有云，地上有风。满坡都是旱死的干草，满沟都是旱死的石头。天上有云，地上有风，眼看就要下雨啦就。

十四

荞麦

嘿呀，亏着我想得周详！亏着我写了这张告示！你看看这人！你看看这人！你看看这挤过来挤过去的人有多少呀？啊？要是没有这张告示得他妈×的少收多少钱呀？收不上钱来拿啥盖庙？拿啥盖学校呀？当个领导你就是不能和普通群众一个样。当个领导干部你他妈×的就是得多操心，就是得比别人多想一步。你要是连一点领导老百姓的办法也没有，你他妈×的还当啥领导干部呀？啊？昨天晚上我写这个告示他还不愿意，他还埋怨我。他说，荞麦，你就别张狂了你，能收多少算多少。你为收钱弄这么个东西，弄得这么张扬，你就不怕有人赶明儿个找你算账呀？嘿呀，算啥账呀？谁跟谁算账呀？老得啥也解不下了，还要多嘴，还要嚷嚷。你嚷嚷啥呀你嚷嚷？你知道我这叫干啥吗？啊——？我这叫作——广——告——！你知道啥叫作广告吗你？你要是把一件事情嚷嚷得满世界都他妈×的知道了，你要是把一件事情嚷嚷得天底下没有一个不知道的了，你就算是做成了天底下最大的一个买卖！你这个买卖就算是把天底下的人全他妈×的给广了告了。你告了他了，他就知道了。他知道了，他就得跟你做这个买卖。说白了就是一句话，你下多大的网你就捞多大的鱼！你狗日的要是连网你都不想下，你还想上哪去捞鱼去呀你？你做梦吧你！你看看，你看看。你给我看看眼前头这挤过来挤过去的，有多少人呀？你算算吧你，你算算这得是多大的买卖！要是听了你的，今天就光等着吃后悔药吧，今天就光等着悔断了肠子吧。嘿呀，亏着我想得周详，亏着我写了这个告示！你看看，你看看，今天这是来了多少人呀？你给我算算，这得是多大的买卖呀，啊？

我回过头去瞧瞧他，我死命地咚咚地敲了几下功德箱。

我就对着他们嚷，哎——各位乡亲，各位乡亲，大家看看这个告示，咱五人坪这回祈雨这是最后一天啦，大家是有钱的出钱，有力的出力。这回祈了雨，咱们请来了龙王，就得给龙王个住处。咱们不能用完龙王，就不管了。要是明年再旱，咱们可咋办呀？要是得罪了龙王，咱们可咋办呀？说白了就是一句话，咱们得给龙王爷爷把这个庙盖起来。要盖庙，就得把咱的学校迁出去。哎——各位乡亲，各位乡亲，龙王要住庙，娃娃要学校，这都是咱自己的事情，积德行善，人人有份儿。前人栽树，后人乘凉。要不是老祖宗们给咱五人坪盖了这个庙，咱们今天再着急，再想祈雨咱们也没个地方供龙王。这是咱五人坪的风水宝地，这是几百几千年的老庙，这是老祖宗们给咱们留下来的产业。毁了这个庙，就是毁了咱这一道川里的好风水。修了这个庙，就是给咱十里八乡的人们留下好风水。有这一道好风水，人人沾光，人人享福。断了这道好风水，那就是断子绝孙，那就是缺损阴德，那就是千人指万人骂的缺德事。

今天咱们各位乡亲能聚在一块祈雨，也是咱们的缘分。不是祈雨，十里八乡的人谁能都聚到五人坪来呀？这八九天大家也看见了，咱们是道士也请了，响器也吹打了，戏也唱了，书也说了，猪也杀了，羊也宰了，香也烧了，头也磕了，连学生娃娃们也把歌给唱了。咱没有一件事情不是尽心尽力，咱没有一件事情不是恭恭敬敬的。谁讲话了，心诚则灵。你心里对龙王爷老老实实，你心里对龙王爷恭恭敬敬，龙王爷他才给咱下雨，他才来解救咱们。咱们大家祈了雨，再给龙王爷盖了庙，龙王爷他才在咱五人坪有个安身的好地方。捐多捐少龙王爷爷心里有数，你自己的良心也有数。我赵荞麦，今天当着龙王爷，当着十里八乡的男女老少，我指天发誓，凡是落到这个箱子里的钱，都是大家的血汗钱，良心钱。我赵荞麦一分不沾，一分不拿。我要是敢昧着良心用了一分钱，就叫龙王爷发水淹死我，就叫龙王爷打雷劈死我！各位乡亲，各位乡亲，你捐多捐少龙王爷爷心里有数，你自己的良心也有数。

我就来回来去地说，我就来回来去地敲。咚咚咚咚，咚咚咚咚。人们就挤过来挤过去地朝这个功德箱里塞钱。我嚷得嘴里冒烟。我嚷得满脑袋的流汗。你他妈×的当一个农村干部，你他妈×的当一个村长，你就是生出十八只手来，你也还是忙不过来。

我就叫喊，爸，你看不见我都快忙死了，你就不能给我倒碗水喝呀你！

听见我喊，张老师就提着壶走过来了。张老师说，荞麦，来来来，我给你提来水了。

我就笑了，我就抹一把汗，我说，咳呀，张老师，人手多呢，哪用着你给我倒水呀！

张老师就笑，张老师说，反正我今天也没啥事情，倒个水不怕啥的。

正说着，那扇门哗啦一声就叫臭蛋那个狗日的给踹开了。九挂响鞭，噼里啪啦响成一片。台上的响器也呜哩哇啦响成一片。蓝烟冒了满院子，呛得人喘不上气来。响声大得快要把耳朵震破了。人们哗哗地全朝着臭蛋挤过去了。满院子的人都是嘿嘿呀呀的叫喊。我在人缝里看见臭蛋头上系了个红布条，抹了一张黑脸，身上穿着他的八卦道袍，一把宝剑在人们头顶上嗖嗖乱晃，吓得人们躲过去躲过来地闪。烟味儿，火药味儿，香火味儿，汗臭味儿，叫人们踢起来的满院子的黄土，男人女人大人小孩的叫喊声，全都搅和成乱糟糟闹哄哄的一团，在这个不大的院子里拥过来挤过去。就像是猛一下发了山水，呜呜乱吼的黄泥汤子，裹着石头瓦块，裹着树枝乱草，裹着庄稼和牛马鸡羊，横冲乱撞，好像是发了疯一样都憋在这个院子里，眼看着就要把这个院子就要把这个庙给撞塌啦，眼看着就要把这个院子就要把这个庙给憋炸啦！

这个狗日的臭蛋！你他妈×的倒是再等等呀你。你这么快就把门踹开了，你这么快就把人都弄到你那儿去了，我这个广告，还他妈×的冲着谁广，冲着谁告呀？啊？

我就赶紧地招呼二罚和毛妮儿，我就使劲儿地叫喊，二罚二罚，毛妮儿毛妮儿，快他妈×的往你爷爷那边跑呀，不看看都快挤死人啦？

十五

赵万金

他就在那嚷。他就在那嚷。她昨天晚上就烧起来了。我给她吃了片镇疼片，轻了些。也不知道这一会儿她是咋样了她。他就在那嚷。他就在那嚷。他拍得那个箱子咚咚地响。他嚷过来嚷过去，他嚷得嗓子都劈了都。人们都听他的，都信他的。人们都发了疯地往那个箱子里塞钱。他嫌我没有用，他今天连箱子都不用我看着了。他把我的椅子挪到墙根儿底下。他叫我坐在墙根儿底下看看他是怎么挣钱的。他叫我坐在墙根儿底下看看我自己到底有多老，到底有多没用。咳，没错。是他说对了，是我说错了。他写了这么一张纸，他站在这这么一吆喝，他这么一“广告”，人们就都像发了疯一样地往那个箱子里塞钱。就好像那钱都不是他们用血汗换来的，就好像塞进去的都是废纸。我这个有史以来的第一个共产党员，现在老得一点用处也没有啦。他就拿我当个废物一样撂在墙根儿底下。我今天早起临走，又给她喝了一片镇疼片，她就跟我哇哇，她就不叫我走。不走哪能行呢？最后这一天，最当紧。再说还有二罚也在庙里呢，哪能放心呢？也不知道她现在咋样啦她。

他就转回头来叫我，爸，你看不见我都快忙死了，你就不能给我倒碗水喝呀你！

我正朝起站，张老师就提着水壶走过来。他还没把水喝完。我还没坐下。院子里哇啦一下就乱了营。响鞭炸成一片。响器吹打成一片。烟呛成一片。土荡成一片。我眼前头除了腿就是脚，除了脚就是腿。噗噜噗噜，哗啦哗啦。冲过来，挤过去。这满院子的人都他妈×的挤疯啦！这满院子的人一眨眼都他妈×的变成畜生啦！

二罚就叫，爷爷，爷爷，爷爷！

毛妮儿也叫，姥爷，姥爷，姥爷！

他就喊，二罚二罚，毛妮儿毛妮儿，快他妈×的往你爷爷那边跑呀！

我赶紧朝过走，我赶紧张开两条胳膊，我赶紧把俩孩子搂到墙根儿底下。我把俩孩子搂到墙根儿底下，我看见二罚的嘴张了张。响器和鞭炮响得太厉害，震得耳朵里啥也听不见。咳，也不知道她在家咋样了，也不知道现在还烧不烧了？二罚的嘴又张了张，我摇摇头，我还是啥也听不见。咳，真是老啦，真是老得一点用处也没有啦。也不知道她现在还烧不烧了，也不知道她现在咋样了？二罚摇摇我的胳膊，二罚喊，爷爷，爷爷，他们挤啥呀？

我也喊，他们都是怕看不上。

二罚喊，怕看不上啥呀？

我喊，是祈雨的道士出来了。

二罚喊，道士不就是臭蛋叔叔么？

我喊，原来是，现在不是了。你看，现在他抹了脸，穿了道袍，拿了宝剑，他就成了祈雨的道士了。

二罚喊，爷爷爷爷，他们挤在一块，我啥也看不见！二罚喊，爷爷爷爷，他真能祈来雨吗他？毛妮儿喊，姥爷姥爷，他咋就把雨给祈来了？

正说着，哗啦，人群分开了。就看见臭蛋抹了黑脸，系了红布条，用宝剑挑着个纸糊的人人，转过来转过去，转过去转过来，用道袍的袖子朝人群里一阵乱抽，嘴里嘟嘟囔囔地念道了一遍又一遍。他抽冷子叫喊了一句，金童玉女随行——！

我就放开胳膊，我说，二罚，毛妮儿，快跟上他走吧，他这是叫你俩呢，赶快吧！

俩孩子就从我怀里走出去了。俩孩子穿的红兜兜红裤子，头上戴了柳条荆冠，一个在左，一个在右，一人手里拿了一个玻璃瓶子跟在道士后头，一眨眼，就埋在人群里了。

十六

荷花

我左转转挤不进去。我右转转还是挤不进去。急得我就像是头转磨的驴。有围墙挡着我啥也看不见。光听见里头噼里啪啦炸响鞭，光听见里头呜哩哇啦吹打响器，光听见人在里边嘿呀嘿呀地喊叫。庙里头震天动地地响成一片。看看进不去，我就赶紧往高处跑，站到高处还是啥也看不见，眼前头光能看见一片乱哄哄的人头晃来晃去。我就叫，毛妮儿——！毛妮儿——！咳，叫也白叫，哪能听见呢。震天动地得连我自己也快听不见自己叫喊了。我就又跑回庙门跟前，我就又叫，毛妮儿——！毛妮儿——！那扇旧木头门叫人们挤得嘎巴嘎巴乱响。也不知道小女在里头咋样啦，也不知道挤着她没有，你说说怕人不怕人呀？你们要是把人给踩死了可咋办呀，啊？咳呀——我的那天爷爷呀——！我就站在门口捶他们，打他们，我就撕拽他们的后背。我就破上命地喊叫，你们这些疯子叫我进去呀你们！你们这些疯子叫我进去呀你们！没人理我。我谁也打不动。我谁也拽不动。我手里拿着的几张摊饼全都叫我给攥碎啦，你说说这叫娃娃们咋吃呀你说？我就再叫，毛妮儿——！毛妮儿——！

扑通一声，他就从门口的人堆里给弹出来了。他一只脚上有鞋，一只脚上没鞋。衣裳扣子全叫给扯掉了。脖子上不知叫谁给划了红红的一道子。他站在那呼呼地喘粗气。一抬头，他就看见我了。他整整衣服，整整头发。他又看看自己的那只光脚。

他就冲我笑，他说，荷花，你也来啦你？

我就赶紧问他，仲银仲银，你看见我毛妮儿了没有呀？

他又整整头发，他说，看见了，看见了。

我说，挤着了娃娃们没有呀？

他说，没有，没有，你放心吧。娃娃们全都在你爸怀里抱着哪。他就看见我手里的碎摊饼了，他说，你来给送饭来了？

我说，你看看这阵仗快要挤出人命来了，哪还送得进去呀！也不知道娃娃们饥了么？

他就又看看自己那只光脚，他又冲我笑笑，他说，可不是么，你看看人们挤的，把我的鞋都给挤掉了都。

正说着，呼啦一下子，门里的人像是发了大水一样又全都冲出来了。就把我和他踉踉跄跄地给冲到两边了。人们都喊叫，出来了！出来了！出来了！

我一扭头，看见道士抹了黑脸，系了红布条，举着一个纸人，掐诀念咒地走了出来。在道士身子后边我看见那两个娃娃了。红兜兜，红裤裤，绿荆冠，一人手里捧了一个玻璃瓶子。

我就举着那一堆碎摊饼叫，毛妮儿毛妮儿，二罚二罚，你们饥了么？

两个娃娃朝我扭过头来笑笑。还不等顾上说话呢，后头的人们就又挤过来了。抱着大红纸包的后生们，呜哩哇啦的响器们，嘿嘿呀呀的看热闹的疯子们，呼呼啦啦的像是发大水一样从我身边流过去了。等大水流过去了，我就又看见他了。他又冲我笑笑。他说，荷花，我得回去换双鞋，我得回去换件衣服。

两扇木头门躺在地下，像是两具尸首，早不知道啥时候叫给挤坏了踩断了。庙里头一片烂摊子，就像是叫牛群跑过去踩烂了的庄稼地，就像是叫山水冲毁了的河滩。他就那样光着一只脚，一高一低地走进那个毁成一片的院子里。他走到院子里又扭回头来看看我，他就又站在那毁成一片的院子里冲我笑笑。胡子拉碴的一张脸，撕敞了怀的衣裳，一只脚上有鞋，一只脚上没有鞋，你说他哪还像个老师呀他。

十七

二罚

鞭炮一响，大人们就乱挤开了就。他们冲过来撞过去。他们冲过来撞过去。我就一会儿看得见毛妮儿，一会儿看不见毛妮儿。眼睛里全是他们的腿和脚。他们的腿把我撞得晃过来晃过去，他们的脚把地上的干土踢得迷住我的眼啦。

毛妮儿就叫我，二罚——二罚——！我也叫她，毛妮儿——！毛妮儿——！爸就在功德箱子边上叫喊，二罚二罚，毛妮儿毛妮儿，快他妈×的往你爷爷那边跑呀！

爷爷就伸开胳膊往过迎。我和毛妮儿就伸着胳膊往过跑。我俩就扎到爷爷怀里了。鞭炮太响，响器也太响，火药味呛得我俩直流眼泪。

我说，爷爷，咱们回家吧。

爷爷看着我摇摇头，爷爷听不见。

我说，爷爷，咱们出去吧。

爷爷还是看着我摇摇头，爷爷还是听不见。

我就使劲地喊。毛妮儿也使劲地喊。爷爷就听见了。我们正说话，人群就分开了，我就看见抹了满脸黑的臭蛋叔叔了。他系着一根红布条，手里拿着宝剑，宝剑上插着一个纸人，纸人的身上没有穿衣服，纸人的两只眼睛是长在头顶上的。他糊的这个纸人可真难看呀！他还不如叫我妈给他糊一个呢，保险比他这个好看。他转过来转过去。他转过来转过去。他的袍子怪好看的，就是袖子老长老长的。他转来转去地用那个长袖子打人。打得人们又躲又闪。

他叫了一声，金童玉女随行——！

爷爷就把我俩松开了。爷爷说，二罚，毛妮儿，这是叫你俩呢，赶快跟上他走吧，赶快吧！

昨天晚上他教过我俩。我知道这是叫我们呢。我就和毛妮儿一起跟着他往庙外边走。我捧着一个玻璃瓶子，毛妮儿也捧着一个玻璃瓶子。我是男的我走左边。毛妮儿是女的，毛妮儿走右边。我的眼睛里就又都是大人们的腿和脚了。我就又看不见爷爷了。我就看见我姑姑了。我姑姑手里拿着一把摊饼。我姑姑说，二罚二罚，毛妮儿毛妮儿，你们饥了么？我和毛妮儿朝她笑笑。我就看不见我姑姑了。我的眼睛里就又是大人们的腿和脚了。我和毛妮儿一直跟着腿和脚走到了老神树底下。我看见道士烧了那个难看的纸人。我看见大人们都跟着响器班子回村去了。道士站在我和毛妮儿身边，嘴里嘟嘟囔囔嘟嘟囔囔，他就嘟囔个没完。

我拽拽他的道袍，我说，臭蛋叔叔咱们为啥不跟上他们回去呀？

他就沉着个脸叫我俩跟他去老林沟。他说要是不去老林沟，要是取不回水来，龙王就不给下雨。他从袍子里掏出两个馍馍来。他说，给，一人一个。吃了馍馍就有劲走路了。

我和毛妮儿就跟着他去老林沟。我们一边吃一边走，一边吃一边走。天上都是云彩，风刮得满山呜呜响。走呀，走呀，就走到了。我就看见了。我就叫他。

我说，臭蛋叔叔，你看看前边着火了。

他说，二罚不敢胡说！

他转回身来，他也看见了。我们都看见了满天的烟。满天的烟都和天上的云彩接到一块儿啦。他就叫喊，快，二罚毛妮儿，快，快跟我跑！

我俩就跟着他往回跑。跑呀，跑呀，就越跑越热了，就看见沟两边的林子都着火啦。满山的火烧得也和云彩连到一块儿啦。

他就又转回身来，他说，不行，咱们回不去了。咱们快往泉上跑吧！

我俩就又跟着他往泉上跑。跑呀，跑呀，火就追上来。跑呀，跑呀，毛妮儿就哭起来了。毛妮儿说，我跑不动啦我！我跑不动啦我……臭蛋叔叔就抱上毛妮儿跑。我们就又跑到泉上了。他说，二罚，快，快往水里跳，快把衣裳都弄湿了。他一边说，一边又把道袍脱下来，扔到水里。我就看见他后背上的毛主席了。

我说，臭蛋叔叔，臭蛋叔叔，你咋把毛主席背到后背上呀你？

他说，咳呀呀，我的那小爷爷，你快往身上撩水吧你！不看看这是啥要命的时候呀！

他把毛妮儿也放到水里，他自己也跳到水里。他往自己身上撩水。往我身上撩水，往毛妮儿身上撩水，我们仨就都成了水人了。

我看见了，我就叫他。我说，臭蛋叔叔，臭蛋叔叔，毛主席像叫你给弄坏啦！

他不理我。他就是撩，就是撩，就是撩。他把毛主席也给弄成水人了。

烟过来了。火也过来了。毛妮儿就哭。我也哭。咋这么热呀……臭蛋叔叔臭蛋叔叔咱们快跑吧……二罚毛妮儿你俩快点用这个袍子挡住点……臭蛋叔叔臭蛋叔叔烧死人啦咱们快跑吧……都听话谁也不许跑听话你俩快躺下你俩快躺到水里你俩快把头也埋到水里……毛妮儿毛妮儿你别跑呀……二罚二罚你也别跑呀……我的那小祖宗我的那小祖宗……咋就这么热呀……火咋这么大呀……烧死我啦……毛妮儿毛妮儿你咋躺下啦……我喘不上来气啦……爷爷——奶奶——爸——妈——我喘不上气来啦……

十八

红盼

她在那面哭，我在这面哭。两面坡都烧得焦黑焦黑的，两面坡上都是女人，两面坡上的人都哭都叫。我就喊，二罚——二罚——二罚——我的那娃你在哪儿呀你，二罚，你倒是答应妈一句呀你……二罚二罚我的那儿呀——你在哪儿呀你，是死是活你倒是答应妈一句呀你……我的娃呀你要是真死了妈可咋活呀……妈也不活啦妈也跟上你死吧……你不在了妈也不想活受罪啦……娃呀娃呀你就是妈的那命呀，你就是妈的那指望呀……二罚二罚我的那儿呀——妈的命咋就这么苦呀……你咋就撂下妈不管了呀，啊？你一个七八岁的娃娃，你一个人你要上哪去呀……

荷花

我在这面哭，她在那面哭。两面坡都烧得滚烫滚烫的，脚底下一踩一片火星子。两面坡上的女人都哭哑了嗓子。我心疼呀我，我这心快要疼死啦……娃娃们临走连一口摊饼也没叫他们吃上，娃娃们临了临了是空着肚子走的……我真是要心疼死啦我，我咋就这么糊涂呀我，我就不会追过去递给他们，追几步不是就追上啦？追几步孩子们不是就吃上啦？人到了这关口上咋就都是犯糊涂呀，你死吧你，你死吧你，你糊涂成这个样了你还活着干啥呀你，孩子们连饭都没吃上你这当妈的也不管，你还活着干啥呀你？我就踩，我就踩，我就踩我就专门朝火里踩，火星子就一串一串地钻到鞋缝里，烫得我的脚一阵一阵地冒青烟……烫死你吧烫死你吧烫死你吧……你连口饭也叫娃娃们吃不上，你还活着干啥呀你？……你咋还不死呀你……毛妮儿毛妮儿二罚二罚你们在哪呀，你们要是伤了你们就哭吧，啊，娃娃们哭吧，哭出来就找着你们啦……你们要是死了你们也得叫我看见你们哪……你们这是藏到哪儿了呀……咋就不叫我死呀……咋就不叫我死呀……我就踩，我就踩，我就踩，我就专门朝火里踩，烧死你吧，烧死你吧，烧死你吧，烧死你这没用的老糊涂吧……娃娃们都死了你还活着干啥呀你……我就踩，我就踩，我就踩，火星子就一串一串地钻到鞋里，就一串一串地钻到脚上，烧死你吧烧死你吧烧死你吧……你连饭也没叫娃娃们吃上你还活着干啥呀你……烟就一阵一阵地从鞋里冒出来……

荞麦

我把女人们都留在前边了。我把女人们都留在前边沟里找。女人家心软，啥还没干呢，啥还没看见呢，啥也没找着呢，就哭成他妈×的一片啦……就哭得你心烦意乱的了啦……我就和满成满喜张老师驾着马车往后头钻。风太大了，一眨眼的工夫就把整整一条沟的林子全他妈×的烧光了，整整一条沟都叫烧成了乌黑一片啦。连马都没有见过这阵仗，连马都看着害怕啦，马就不敢跑了，满成只管抽，满成只管抽，满成他都快把马给抽疯啦……

我就叫他，满成满成，你慢些着，不敢把马打疯了……满成说，这都是啥时候呀，要人命还是要牲口的命呀？你们快些把前边那几个烧火的枝子搬开吧！马就叫，满成就抽，车就跑……铁锨和耙子就在车上咣咣地乱响……火星子就在车轱辘底下四下里乱迸……整整一条沟烧得乌黑一片，烧得我啥也是认不出来了……树枝子太多了，我们只好把车停下来，我们就拿着铁锨耙子拨开火往后跑……整整一条沟烧得我啥也认不出来了，除了乌黑一片，就是乌黑一片，除了乌黑一片就是乌黑一片……满喜说，快看快看我看见泉啦，你们快看泉在那冒气呢……你们快看看坐在水里的那不是臭蛋吗！……我腿一软，我就坐在炭火里了……仲银就叫我，荞麦荞麦你快跑呀你，荞麦荞麦你咋坐下啦你？炭火烧得我像是刀在肉上割……

赵万金

我追不上他们，我就在后头慢慢地挪。

我告诉他叫他们快往后跑，能跑多快跑多快，我寻思他们多半是躲到泉上去了。要是躲到泉上说不定还有救。我就在后头慢慢地挪。好好的一条沟，好好的一沟的林子，全毁啦，全烧啦，整整一条沟两面坡全都烧成焦黑焦黑的。没有一根草能躲过去，草都烧成了灰了。没有一棵树能躲过去，树都烧成了黑棍子。石头烧裂了，地皮烧得烫脚，唉嘿嘿嘿嘿，你说说这叫是遭的什么罪呀？我咋就松开手了呢我？我咋就眼睁睁地看着俩娃娃从自己怀里走了呢？

我咋就不知道跟着他们呢？咋就不把我这把老骨头撂到火里烧呢？没有一根草能躲过去，没有一棵树能躲过去，没有一块石头能躲过去，没有一寸土能躲过去，全烧啦全烧啦全都烧成焦黑焦黑的啦，满眼睛焦黑，满眼睛焦黑，除了满山满地的焦黑啥也没有啦……哎嘿嘿嘿嘿，娃娃们哪，我的那娃娃们哪……哎嘿嘿嘿嘿，老天爷，我的那老天爷呀……你咋今天就刮这么大风呀你，你咋等到现在你才下雨呀你……下雨啦……下雨啦……打雷啦……打雷啦……电闪雷鸣都来啦，电闪雷鸣大雨大风全都落到这满山遍野的一片焦黑里啦……盼了两年的雨到底来啦，可娃娃们到底都在哪儿呀，到底还活着不活着呀……娃娃们要是今天出了事情，要你这风要你这雨要你这雷鸣电闪还有啥用呀……老天爷呀老天爷你可真狠心你可真是不长眼睛呀你……下雨啦下雨啦……哗哗的雨呀哗哗的雨呀哗哗哗哗的大雨呀……风卷着雨鞭子抽到脸上，抽得人连眼也快睁不开啦，哗哗的雨呀哗哗的雨呀哗哗的大雨呀……马车就从雨里走过来了，我就朝过跑，我就在雷里雨里叫，荞麦荞麦娃娃们咋样啦？娃娃们咋样啦呀？荞麦他不说话，荞麦他不理我。我就扑到车上了，我咋啥也看不见哪我？我咋啥也看不见哪我？

仲银手里提着他的衣裳，满喜手里也提着他的衣裳。

仲银举着那一包衣裳说，他爷爷，这是二罚……

满喜举着那一包衣裳说，她姥爷，这是毛妮儿……

老天爷呀老天爷……娃娃们恓惶得烧得就剩下这一把把小骨头啦……我就啥也看不见了，我眼睛里焦黑焦黑的，我眼睛里焦黑焦黑的，我就啥也看不见啦……

第四章

一

高卫东

我把那几只羊轰到树底下，我就远远地看见他们了。我就把心提到了嗓子眼儿上，我的心就咚咚地要憋炸了。我知道就得有这一天。我知道跑得了初一跑不了十五。我知道跑得了和尚跑不了庙。可这事情我也想好了，我也想透了。反正这事情也他妈×的不是我一个人的事情。是十里八乡的人闹祈雨又他妈×的不是我高臭蛋一个人闹祈雨。你再咋问你，再咋说，它也是十里八乡的人一块闹的事情，天塌下来有众人顶着呢，你也不能全他妈×的扣到我一个人的头上吧你？他们就朝过走，他们全都戴着大檐帽子。我的心就咚咚地跳。他们就朝过走，他们全都是警察。我就快要憋炸啦我！他们走到跟前围住我。他们全都戴着白手套。我就快要憋炸啦我！

一个人就把白手套举起来，他说，姓名？

我说，我叫高卫东。

他说，别名？

我说，啥？

他说，就是你还有别的名字没有？

我说，有，有。大伙都叫我臭蛋。

他说，年龄？

我说，三十八岁。

他说，民族？

我解不下，我说，哦，哦……中国人么。

他说，胡说！问你是哪个族的人？

我还是解不下，我说，哪个族的他也是中国人么……

他说，问你到底是汉族人还是别的什么民族的人？

我解下了，我说，哦——那就是汉族。

他说，家庭住址？

我就笑了，我指指他们身子后头，我说，你们刚从那儿过来的么，还用问我。黄土坡。

他说，文化程度？

我就还笑，我说，嘿嘿……寒碜人哩，我哪有啥程度呀我……共满才念了三年小学就不念啦就，我爸就叫我回家放羊了……

他说，职业？

我说，啥？

他说，你是干啥的？

我就又笑，我说，嘿嘿，农民么，种地的么。

他就厉害起来了。他说，不许笑！

我说，嘿嘿，能行。

他说，你干道士有几年啦？

我说，嘿呀，我哪是道士呀我！我就是会吹个唢呐。我那道袍是我在河底镇赶集的时候买的，我哪是道士呀我，我就是弄几个钱花花……

他就又厉害，他说，你到底干了几年！

我算了算，我的心就快要憋炸了！我说，有个十年八年了。

他说，在五人坪祈雨的就是你吧？就是你用毛主席像祈雨的吧？

我就知道该问这件事情了，我就知道该问这件事情了。我说，嘿呀，你问这是做啥么？

你问这是做啥么？那俩个娃娃又不是我杀的那两个娃娃又不是我弄死的眼看火过来啦我就拉着他们跑，我就救他们，我把他们全都领到泉水上我把他们全都弄湿了我还把自己的袍子脱下来弄湿了给他们披上眼看着火过来了我就叫他们埋到水里我就叫他们埋到水里可那俩娃娃就是不听我的那俩娃娃就是个跑就是个跑那俩娃娃是吓坏了那俩娃娃是吓疯了他们就不听我的我有啥法子呀我是想救他们没有救成么那俩娃娃又不是我杀的杀人得偿命么我连屎这点道理还能不懂了我……毛主席他老人家能保佑咱老百姓么现在干个啥事情不是都是得把毛主席挂上么……不是把他老人家带上我现在还不知道能不能活着呢你们就没看见那火有多大我这一辈子也没有见过那么大的火烧得连天都是红的了就把那俩娃娃给吓坏啦我叫他们别跑他们不听么……

他就喊起来，你给我住嘴！不许乱说！

我的心都憋炸开了，我咋能不说呀我？我说，咳呀——这哪行呀这，你不叫我说清楚你想叫我顶罪呀你……这祈雨的事情是十里八乡的人一块闹的，你们不能就抓我一个人呀你们，你们得讲理呀你们……

他就抓住我的手，他说，我告诉你，我们今天是来拘留你的，你有什么话你可以和律师说。你现在也可以什么话都不说。你现在在这张拘捕证上按个手印吧。

我就把手从他手里挣出来，我就叫喊，咳呀，我不按，我不能给你按这个手印！一按了手印就成了铁定的了，一按手印就得交账了。不说说哪行呢，不说清楚你就抓人呀你？律师是谁呀我又不认识他律师他又不来抓我谁抓我我就得和谁说清楚么他们五人坪祈雨又不是我自己要去的是他们村长荞麦来请我去的么我又不知道祈雨是咋个祈法儿我也是从张老师那儿打听出来的么他那桌子上有一本大厚书你们不信你们去五人坪找他看看去么你们不能一出事情不问清楚就抓人么你们不用哄我我是不能给你们按这个手印我是不能给你们按这个手印…………哎呀——老天爷呀你们为啥非抓着我按这个手印呀你们为啥给我戴上这个铐子呀你们为啥不问清楚就抓人呀……那俩娃娃是金童玉女么是龙王爷爷把那俩娃娃带走了又不是我带走的……你们也不能不问清楚就抓人呀……闹祈雨的事情是十里八乡的人们一块闹的呀不是我高臭蛋一个人闹的呀……你们咋这么不讲理呀你们……你们干啥呀！你们……你们把我的羊都给吓跑啦……

二

荞麦

我给他们倒上茶。一人一碗。我给我也倒上一碗。新沏的茉莉花茶，往碗里一倒满屋子的香味儿。茶水在雪白的瓷碗里打转儿，我抬眼看看他们。我可不是个老百姓。好赖我也是个村长，好赖我也是当了十来年的干部了，谁他妈×的也别想哄了我。我还不知道想他妈×的哄谁呢我。你们总不能说死了个儿子还要把老子再抓走吧你们。谁的损失大也他妈×的没有我的损失大吧？你再说烧了多少林子，你他妈×的也顶不住我一个儿子吧？啊？能顶住吗？你们谁愿意拿一个儿子换一片林子？谁？谁敢说这句话？谁？我把一个好好的儿子都他妈×的赔进去了，我还有什么责任呀我？啊？有吗？祈雨的地方是学校腾出来的。祈雨的事情前后九天都是道士臭蛋在那张罗的。我的责任就让大伙捐钱，就是想给村里盖个新学校，就是想把庙给修一修，这也有了错啦？这有错吗？啊？我给他们倒上茶。一人一碗。我给我也倒上一碗。

我说，喝水吧，茶不好，对凑喝吧。咱这穷困山区没有啥能招待领导们的。

他就站起来了，他就拿出那张纸来。他说，赵荞麦同志，你现在得在这张拘捕证上签个名字。

碗里的水就烫了我的嘴了。我放下茶，我看看他，我说，张局长，大伙捐的钱我一分不剩都交给你们了，我都和你们结了账了，我一分钱也没有花，我一个子儿也没贪污，我敢拿命担保我是清清白白的。我一个共产党员，我不能向领导向组织说瞎话呀我。我都签了字了。公家要没收就没收吧，公家把钱都拿走了，还要和我有啥事情呀？

他身边的两个人就围过来了。他看看他的人。他说，赵荞麦同志，你们五人坪这次的案子闹大了，连省里的领导都知道了。这一次不光是钱的事情。除了两条人命，你们还烧毁了咱们县里最后一片自然林，你们还利用领袖像搞迷信活动，这是政治错误。

我说，祈雨的地方是学校张老师给腾的。祈雨的事情从头到尾是高臭蛋张罗的。我的事情就是钱呀，我就是想叫大伙捐钱盖个新学校，我就是想修修庙呀，这有啥错误呀？那烧死的是我的儿子呀，我能愿意吗我？我能领导群众烧死我儿子吗？

他的人就挤到我背后了。他说，你签字吧。

我说，我大小也是个干部，我也懂得政策，你们不能这么干！

他说，你要再不签字可就不好看了。

他的人就挤住我的肩膀了。

我签了字，按了手印。他们就把那个铐子给我戴上了。爸在外间窑里叹气。妈在炕上拍窗户，二罚他妈哇哇地号起来。我就是想盖个新学校，我就是想修修庙，盖学校修庙也不能用我一个人的钱吧？我自己的儿子也烧死了，我愿意吗我？我他妈×的有啥错误呀我？你们他妈×的谁能赔我一个儿子呀？啊？谁？谁能赔？我死了儿子还让我蹲监狱，天底下有他妈×的这种政策吗？有吗？我日他一万辈儿的祖宗！

他们把我带到老神树底下那辆汽车跟前，他们打开车门我就看见张老师了，张老师看看我，张老师不说话，张老师的两只眼睛亮得像是点着两盏灯。我就看见他的手了，他和我一样，他也叫他们给他妈×的铐上了！

三

张仲银

他们不应该在这种时候进来。他们不应该打乱了这堂作文讲评课：《记一个同学》。

是的，记一个同学。记一个叫赵二罚或者是叫刘毛妮的同学。毛主席说："今后我们的队伍里，不管死了谁，不管是炊事员，是战士，只要他是做过一些有益的工作的，我们都要给他送葬，开追悼会。这要成为一个制度。这个方法也要介绍到老百姓那里去。村上的人死了，开个追悼会。用这样的方法，寄托我们的哀思，使整个人民团结起来。"现在我们学校的两个同学死了，我们每个同学写一篇作文寄托我们的哀思，用这样的方法让死去的同学永远活在我们心中。将来我们学校的一个老师也会死去的，大家也要用这样的方法寄托哀思，也要用这样的方法让死去的老师永远活在同学们心中。他们不应该在我们讲评作文的时候拿着那张拘捕证那张表格和那个手铐闯进来，打乱了我们全体同学的哀思。

一个人的哀思是深沉的也是脆弱的，一张表格一个证件已经足以中断一个人的哀思。更何况他们还有亮光闪闪的手铐，他们还有他们从每一个汗毛孔里渗透出来的气势汹汹。这已经足以让人恐惧万分。更何况他们要恐吓的只是这一群不谙人事的孩子。孩子们眼睛里的哀思被一阵狂风骤然刮去，黑暗的天幕上只留下满天令人肝肠寸断的恐惧在闪烁。他们不应该在这种时候进来。他们不应该扰乱了这堂作文讲评课。他们不应该给一个人的哀思戴上手铐。他们不应该把一个人的哀思缩写进一张表格。手铐和表格是非理性的，是非人的。哀思却是充满着一个人的体温。一个人可以凭借三十六度五的体温感知整个宇宙。可是大火烧毁了树林，烧毁了宇宙，烧毁了二罚和毛妮儿借以保持体温的身体。一个烧焦的身体和一具冰冷的身体是非人的，是不需要宇宙的。世界上的事情总是在不该发生的地点不该发生的时间里发生。一切都是我熟悉的。一切都是我经历过的。

我耗时半年终于用两套内裤搓成了一根足够长也足够结实的绳子。我已经量好了从窗口的铁栅栏到地面的距离。我已经计算好了警卫夜间巡视的时间间隔。我已经估测过同牢房其他人晚上睡觉最死的时刻，我把脸盆摔到地上他们没有任何人醒过来。一切都在别人的不知不觉之中，一切都在我的精心计算之中。我决定要以一个人的理性阻止非理性。我以理性决定收回只属于自己的体温和时间。可是偶然再一次打乱了必然。李京生打开那扇铁门，朝我走过来的时候说，仲银，一切都结束了，你出狱了，你自由了。李京生就把那张释放证递给我。

那张白纸上有一些表格，表格上有一些关于一个叫张仲银的人的资料性的记载：

张仲银，男。出生时间，1946年。民族，汉。职业，教师。住址，乱流河公社五人坪村。入狱时间，1970年1月31日。出狱时间，1978年2月1日。

我就是在那一刻理解了时间的意义的。在1970到1978之间是没有时间的，时间只在我的眼睛停留在这张白纸上的一瞬间存在，此前，此后，都无所谓时间。

李京生感到了失望。李京生肯定是感到了失望。他以为他会在我的脸上看到整整八年的时间。那留在白纸上的一秒钟，实在无法为他支撑起一个可以观看可以品尝可以感叹可以叙述的悬念。现在他们也同样是错了，他们再一次地向我拿出这样一张表格。他们再一次地用偶然打乱了必然。他们根本没有理由把我从黄土中挖掘出来。他们根本就没有理由把我从石头上铲除掉。一本《辞海》是不足以作为证据的。第1383页关于旱魃的词条只是关于一个历史知识的解释，那是任何一个人打开书就可以获得的知识，它本身根本不能提供犯罪动机，它也根本不能构成一个犯罪的证据。我什么也没有说。我什么也没有做。

我只喝过一次酒。喝酒属于正常人的正常行为。喝酒并不侵害他人的利益。中华人民共和国的法律并没有规定公民不许喝酒，并没有规定喝酒是违法的。一个中华人民共和国的公民是有权利喝酒的。一个中华人民共和国的人民教师是有权利在一个学生家里喝酒的。瓦尔瓦拉·瓦里里耶夫娜也许是不喝酒的，团中央委员邢燕子也许是不喝酒的，但是，人民教师张仲银是喝酒的。一个人不喝酒并不难。一个人难的是一辈子不喝酒。一个人难的是一辈子不醉酒。张仲银同志是为了人民的利益而喝酒的，张仲银同志是为了五人坪而喝酒的，张仲银同志是为了五人坪的子孙后代而喝酒的。所以，只要他喝得对，我们就支持。这个办法可以介绍到老百姓那里去，村里有了事，不管他是谁，不管是村民，是孩子，是学生，是教师，只要他有酒，只要他想喝酒，只要他不犯法，他就可以喝醉。用这样的方法使人民团结起来，盖一所新学校。一个人民教师也是有权利让他的学生们唱歌的。中华人民共和国的法律并没有规定唱歌的地点和时间。音乐对于学生是一种不可缺少的教育。学会一支好歌曲，比学会十篇好文章还要重要。一支好歌往往会影响一个人的一生，往往会伴随一个人的一生。一个人终生不忘的那支歌，就是他生命的旋律。一个没有旋律的生命是苍白的。是我给了孩子们生命的旋律。当他们站在舞台上引吭高歌的时候，也就是他们的生命高高飘扬的时候。唱歌是所有人的权利。唱歌也是不能用来作为量刑和定罪的依据的。唱歌是测量生命飘扬的依据。以唱歌来定罪是荒谬的，是不合法的。任何人无权阻止孩子的歌唱，任何人无权阻止孩子们在希望的田野上歌唱——是的，是在希望的田野上，而不是在烧焦的田野上……

我们的家乡在希望的田野上，
炊烟在新建的住房上飘荡，
小河在美丽的山庄旁流淌，
一片冬麦，那个一片高粱，
十里哟荷塘，十里果香……
哎——嗨哟——哦，呀儿依儿哟……
……
我们世世代代在这田野上生活，
……
为它富裕为它兴旺……
……
为它幸福为它荣光……

这是一支好歌。这不是一支封建迷信的歌。这是一支鼓舞人热爱祖国热爱生活热爱劳动热爱人民的歌。这是一片兴旺的田野，这不是一片烧焦的田野。这是一片希望的田野，这不是一片烧焦的田野。这是一片我们世世代代生活的田野，这不是一片烧焦的田野。这是一片金色的太阳照耀的田野，这是一片照得大地亮堂堂的田野，这不是一片烧焦的田野。这是你的田野，这是我的田野，这是他的田野，这是我们大家的田野。这不是一片烧焦的田野。天下者我们的天下，田野者我们的田野，我们不在这里生活，谁在这里生活？我们不在这里歌唱，谁在这里歌唱？他们无权把我从这田野上抓走他们无权把我从这田野上抓走他们无权把我从这田野上抓走……任何人无权把你从这田野上抓走！任何人无权把他从这田野上抓走！任何人无权把我从这田野上抓走……归去来兮……归去来兮……归去来兮，田园将芜胡不归？既自以心为形役，奚惆怅而独悲！悟已往之不谏，知来者之可追；实迷途其未远，觉今是而昨非……这是你的田园，这是他的田园，这是我的田园，这是我们大家世世代代的田园……任何人无权把你从这田野上抓走！任何人无权把他从这田野上抓走！任何人无权把我从这田野上抓走！

第五章

一

打开1965年出版的《中国地图册》，你会在华北平原的西侧看见太行山，再向西紧挨着黄河，你又会看见吕梁山，再向西还有贺兰山、秦岭、祁连山，这些山托起一片辽阔苍凉的黄土高原。在地理教科书上把这叫作中国的“第二台阶”。顺着吕梁山脉自北向南散落着无数的村子，它们常常被叫作什么“堡”，什么“峪”，什么“峁”，什么“坡”，什么“沟”，什么“坪”。在吕梁山的南段，在这些“堡”“峪”“峁”“坡”“沟”“坪”的中间，散落着一个难以察觉的小黑点，这小黑点的旁边有难以察觉的三个小字：五人坪。不知为什么，1996年出版的《中国地图册》上抹去了这个小黑点。但是这个村子确实存在过。我曾经在这个村子里生活了十年。我就是在这个村子里认识张仲银的。

我们这些知识青年来了，又走了。可张仲银没有走，他留在五人坪了。地图上的那个小黑点和那三个小字存在不存在并不能说明什么，那只不过是一个印刷问题。就像张仲银对我说过的一样：秦始皇和孔夫子之所以千百年来被人知道，那只不过因为千百年来有人在纸上印刷他们的名字；而五人坪默默无闻，只因为没有被人印在纸上。

三十一年前，张仲银背着打得方方正正的背包，在漫山遍野的黄土沟梁里，用了两天时间，沿着一条叫作乱流河的山谷走了九十里山路，拐过一个叫作井圪台的山嘴的时候，他一眼就看见了村口那棵虬枝盘绕高大无比的老杨树。张仲银不由得把正吹着的口琴从嘴上拿下来，一丝亮亮的口水，在他无比的惊讶中闪落在1965年8月的阳光里。有生以来他还从没有见过这么高大的树，这树高大得超出了人的想象，高大苍老得有些神秘莫测，凹凸的树身像被犁过，不知把多少岁月吸干在深深的裂壕里，在这些纷乱粗大的裂壕上面，密匝匝的枝叶摇碎了千万片的阳光，在漫山遍野的黄土中搭起一栋哗哗作响的绿色楼宇。张仲银咽下一口口水，让自己镇静下来，从衣兜里拿出《中国地图册》，然后，用食指在吕梁山上轻轻一点，脸上露出那种一切都在预料之中的会心一笑，张仲银说，五人坪。

就在张仲银在地图册上找到五人坪这三个字的时候，他忽然听见一阵铜锣的敲打声。随着锣声，张仲银看见一群衣衫褴褛的孩子簇拥着一个男人从树后走出来。张仲银快步迎上去。

张仲银说，谁是这儿的负责人。

孩子们指着敲锣人喊成一片，他是，他是，他是支书，他是队长，村里的头儿都叫他龟孙一个人当了，他叫赵万金，他是属牛的，他婆姨叫巧仙，巧仙是个哑巴，巧仙会做饭、会做衣裳、会养娃娃，啥也会，就是不会说话。

赵万金把锣槌一挥，赵万金说，去去去，不用瞎喳喳啦。然后赵万金露出满嘴的黄牙笑起来，赵万金说，村里就这么一件响器，干个啥都是敲它，敲了几百辈子啦。往后学堂里上课也得敲它。赵万金说，你就是上头说的那个老师吧。

张仲银从自己斜挂的书包里拿出一个金晃晃的铜铃来，张仲银看看那面又脏又黑的铜锣，张仲银说，以后上课就敲铃铛吧。我从师范学校刚毕业，我是来办小学校的。我姓张，今年十九岁。我叫张仲银。

金晃晃的铜铃下面孩子们张老师、张老师的嗷嗷叫成一片。赵万金又笑笑，赵万金说，这件事情盼了几辈子啦。然后赵万金又把锣锤对着漫山遍野的黄土一挥，赵万金说，方圆几十里，就你这一个识字儿的先生。剩下的都是文盲，都是睁眼瞎。咱这学校老师、校长、打杂的全算上就你一个人。

张仲银说，我知道。你们要是都识字我就不来了。我是以邢燕子和乡村女教师为榜样，响应党的号召自己要求到这儿来的。

赵万金听不懂张仲银说的话。赵万金不知道邢燕子是回乡青年的优秀典型，是团中央委员；也不知道乡村女教师是电影里的苏联人，这外国女人有个哇啦哇啦的洋名字，叫瓦尔瓦拉·瓦西里耶夫娜；赵万金更不知道张仲银曾经激动不已地在毕业典礼上看过这两位榜样的电影，一部是记录片，一部是故事片。赵万金什么都听不懂，可赵万金还是又露出黄牙努力地笑起来，赵万金说，好，好，到底还是有人想起咱五人坪啦。到底还是有人来可怜咱五人坪啦。

张仲银说，咱村为什么叫五人坪。

赵万金再次挥起锣锤来指着老杨树说，这你不能问我，这你得问它。它是咱村的老神树，还没有五人坪就有了它了。

孩子们哄笑着骂起来，万金、万金，你狗日的胡说吧，你咋不叫老师问问巧仙哪。

张仲银苦笑起来。张仲银想，唉，真是全都没文化。

赵万金用锣锤把孩子们挡在一边，赵万金恭恭敬敬地说，回吧，张老师，你走前头。你要想知道咱村的来历，过两天我给你问问陈三爷，他岁数最大，村里的古话儿都是从他嘴里说出来的。咱村的学堂就办在庙里，我早就打发人收拾干净，就等你来上任升堂啦。

张仲银说，我是人民教师，我是为人民服务的。我又不是县官大老爷，我用不着升什么堂。我是来给你们传播文化知识的。

赵万金说，嘿嘿，是哩，是哩。我们这些睁眼瞎又没文化，又没知识，可不是就得等着你来给传播传播。你就传播吧。你传播啥，我们就信啥，全听你张老师的。赵万金又用锣锤把孩子们往后挡了挡，赵万金说，张老师，你走前头。一面走，赵万金又扭过头吩咐，荞麦，快回家告给你姐姐，就说老师来啦，煮饺子吧。

孩子们又惊叫起来，嘿呀，不过年也煮饺子吃哩，香㞞死人呀！

张仲银问，你们会唱歌吗？

孩子们嘻嘻地笑成一团，并不回答。

张仲银放开喉咙唱起来，“北京有个金太阳，金——太——阳，照得大地亮堂堂，亮——堂——堂……”张仲银又问，听过这个歌吗？好听吗？想学吗？

孩子们还是嘻嘻地笑，还是不回答，只是笑得更响了。

赵万金说，咳呀，看看狗日的们没出息的，看看狗日的们没见过世面的，老师问话呢么，会就说会，不会就说不会，光在那笑算啥呀！

张仲银又拿出口琴来吹了几下，孩子们又是一片嘿嘿呀呀的惊叫声。张仲银说，不会也没关系。我教你们。毛主席说在一张白纸上好画最新最美的图画。我来和你们一起画！手举金晃晃的铜铃，被敬畏和羡慕的人群簇拥着走过老杨树的时候，张仲银在一派冷森森的浓荫中，被淹没在哗啦啦啦的林涛里，他觉得好像有一条大河带着逼人的气势，在头顶滔滔而过。张仲银想起两句毛主席的诗来，张仲银想，“雨后复斜阳，关山阵阵苍”。眼前既没有“雨后”，也没有“斜阳”。眼前是漫山遍野的黄土，和1965年8月干燥的太阳。按照赵万金的说法，这个没有“雨后”也没有“斜阳”的地方，方圆几十里之内就只有自己这么唯一的一个识字儿的先生。

张仲银看看四周的群山，这些山很高，很大，很远，也很荒凉。自己整整用了两天的时间，沿着乱流河一步一步地丈量过它们。

张仲银又想，真是“离天三尺三”啊。

二

仲银对我说，如果一个人从来没有单独一人在荒山野岭中独对孤灯，那他对于许多词汇的理解都将是浅薄无知的。对于词汇的理解和体察是需要空间的。在教室里面对着书本和黑板的时候，你只是在认字；只有在茫无际涯的黑暗中，在吕梁山辽阔的苍凉之中，你才能听见那些词冲破了时间的尘土，一个个从千百年的古老中向你无声地走过来，然后，它们伴随着那盏如豆的微灯坐在你的对面，在相视无语中把你深深地洞穿。

来到五人坪的第一晚，在吃过饭，看过书，一切也都整理停当之后，张仲银第一次一个人面对孤灯。伴随他的只有那把口琴。仲银靠在棉被上，对着昏黄的油灯嗡嗡嘤嘤地吹起来。吹着吹着，仲银听到门外有人声，推门一看，院子里站了黑压压的一片人。看见仲银出来人群谦卑地朝后蠕动。有个胆大的孩子说，老师的琴好听，我村里还没有人听过这么好听的琴哩。仲银认出来，这是荞麦。晚上的饺子就是在他家吃的。他的爸爸就是五人坪的书记兼队长。他的姐姐叫荷花。他的妈妈就是那个叫巧仙的哑巴。仲银笑一笑，仲银拍拍荞麦的头，仲银就想起《乡村女教师》来。仲银看看天，又黑又深的天上空荡荡地贴着一个扁平冷白的月亮。仲银忽然觉得这冷白的月光，在这冷白的院落里，冷白地照亮了自己心里的自豪和孤独。自己虽然曾经花了两天的时间一步一步地丈量过它们，可直到现在自己才第一次在这冷白的月光里，这么清楚地看见了它们的面孔和内心。

仲银拍拍荞麦的头，仲银说，同学们，明天咱们就上音乐课，明天我就教你们唱《北京有个金太阳》。仲银在冷白的月光下看见荞麦在笑，荷花也在笑。仲银没有觉察到，一个有点落套的故事正在这冷白的月光下悄悄地朝自己走过来。

第二天清早，仲银躺在被窝里被老神树上嘁嘁喳喳的喜鹊们叫醒了。在嘁嘁喳喳的鸟叫声里仲银又听到一点另外的动静，隔壁的灶房里好像有人在操持。仲银起床来到灶房门前，仲银看到一条乌黑的长辫子正在一件蓝地红花的衣服上摇来摆去。仲银认出来这是荷花。仲银慌忙上前打招呼，仲银说，荷花，你怎么来了？

荷花直起身来摆一下辫子，荷花说，我爸叫我来的。我爸说你教书的事情太忙，以后做饭的事情就让我给你做。

仲银又慌忙客气，慌忙自己动手，仲银说，咳呀，咳呀……仲银掀开锅盖的时候，发现了这个落套的老故事的悬念和结局。仲银在水气散开后的锅底上看见四个雪白的鸡蛋。

仲银又咳呀起来，仲银说，咳呀，这哪行呢，这哪行呢！我是一个人民教师，我是来为人民服务的，我怎么能搞特殊化呢！惊慌失措的仲银急忙想出一个补救的办法来。他跑回到自己屋里拿来一个课本，并且在课本里夹了一张一块钱的人民币。仲银把这些东西塞到荷花手里，仲银说，荷花，给你。这是个扫盲课本。欢迎你也和荞麦一起到学校来听课。

打开课本的时候，荷花的笑脸没有了，荷花把课本和那一块钱放到仲银手上，荷花说，我又不是卖鸡蛋的。荷花说完转身就走，一条乌黑的大辫子在蓝底红花的背影上激动地跳跃。这条乌黑跳跃的辫子撩起仲银许多莫名的惆怅。仲银想，唉，这么年轻就不识字就没有文化，真可惜呀！

这四颗雪白的鸡蛋引出仲银许多思家之苦。仲银总也忘不了自己考中师范学校的那一天。那天自己从县城中学把录取通知拿回家，母亲就把那只装鸡蛋的瓦罐从躺柜上抱下来，母亲说，今天咱吃一回炒鸡蛋，总有八九年没舍得吃鸡蛋了。全家都笑了。看见大家笑，仲银就哭了。母亲一边抹着自己的泪水，一边说，你看你这娃，高兴事也是哭。于是全家一下子都哭起来。仲银知道，父亲、母亲、哥哥、妹妹，为自己上学吃了许多苦。以后，为了供自己上师范学校他们还要再吃几年苦。现在，这一切终于有了报偿，自己终于当上了一名光荣的人民教师，一名和团中央委员邢燕子一样光荣，和乡村女教师瓦尔瓦拉·瓦里里耶夫娜一样光荣的人民教师。可那时候的仲银还没有意识到，关于鸡蛋的食用问题会在他一生当中的关键时刻一再涌现出来，给他带来许多或悲或喜的意想不到的周折。

仲银把目光从那条激动跳跃的辫子上收回来。仲银抬起头来第一次以主人的眼光打量四周的群山，仲银明白，这些高接蓝天的大山，这些山坡上四季交替的画面，从今往后将会因为一个人的张望而具备了主观的意味。这是它们在亘古而来的千万年的岁月中第一次获得这样的意味。这意味是一个叫张仲银的人赋予它们的。而且也只能由这个叫张仲银的来赋予——方圆几十里之内，就只有这一个识字的先生。这感觉叫仲银很自豪，也很沉醉。可同时这很自豪和很沉醉也给了仲银很多鹤立鸡群的孤独和惆怅。仲银就常常会忍不住地感慨和联想，唉，都没有文化，没有共同语言。因为这自豪，也因为这随着自豪而来的孤独，仲银就觉得自己很需要一句诗，于是就从《毛主席诗词》上摘下一句写到粉连纸上。仲银的毛笔字并不好，但还是把那句诗写得龙飞凤舞的："已是黄昏独自愁，更著风和雨。"仲银知道这不是毛主席的诗，但既然毛主席引用陆游的诗，那就不会有错。仲银把龙飞凤舞的粉连纸挂在办公桌对面的墙上，只要一抬头，"已是黄昏独自愁"的自豪和孤独就有了安放之处。偶尔有人来问问，仲银笑而不答，只说那是一句诗。有一次支部书记兼队长赵万金问他，仲银，这疙疙岔岔的写的是啥呀？仲银就把《毛主席诗词》拿出来说，都是这上边的，是诗，毛主席喜欢的诗。赵万金就谦恭地笑了，赵万金说，呵呵，仲银真是有学问。看这字写得，看这字写得，我连一个也认不得。仲银就想，唉，没文化，没有共同语言。

就这样，在日复一日与莽莽群山的对望中，仲银刻骨铭心地理解了什么叫孤独，什么叫无人可解的孤独的平静。仲银每天把那只铜铃铛反复摇上十几次，从远近山村走到教室里的孩子，就又各自回到山腰或是山谷里去。渐渐地，仲银就觉得这只铜铃把每个白天都摇得很长，把自己的青春也摇得很长很长。

等到"文化大革命"传到山里来的时候，仲银平静的教学生涯终于有了一点波澜壮阔的意思。所有党中央毛主席的伟大号召，都是通过仲银的嘴传达给贫下中农们听的，当仲银滔滔不绝地，把一份又一份中央文件念出来的时候，乡亲们觉得仲银简直就是站在党中央的家门口。念完了各种文件之后，仲银按捺不住行动的激情，把一张又一张控诉刘、邓、陶的大字报贴到戏台上，然后，又把学生们集中到戏台上齐声朗诵，大唱革命歌曲。听到村庙里铿锵有力的朗诵，高昂激越的歌唱，乡亲们都很惊奇，都说仲银的学越教越有样了，都说，听听，听听，念得多有劲！唱得多好听！仲银甚至要求支部书记赵万金，把五人坪和四周村里的社员们都集中到学校里来听他指挥学生们唱歌。

仲银指挥唱歌不是用手而是用脚。仲银把双手背到身后，挺起胸脯，然后，再把穿着方口鞋的左脚朝前跨出半步，接着，从他粗壮的脖子里憋出一串音符来，索拉多拉拉索拉拉索米——唱！

立刻，和老师站成一排的学生们扯开喉咙叫起来，“北京有个金太阳，金太阳……”

仲银打拍子不是面对演员，而是面对观众。仲银觉得只有这样才过瘾，只有这样观众的羡慕和赞叹才可以尽收眼底。因为是面对观众，因为省去了手的动作，改而用脚，而且只用左脚，所以，仲银只要一下一下地把脚尖抬起来，再一下一下用力地踩下去，就会把学生们的歌声踩出来，“北京有个金太阳，金太阳……”等到有人唱错了，仲银才用手，把蒲扇大的巴掌伸出去，狠狠地扇一下，歌声里就有了打击乐的音响，北京的金太阳就被打得七零八落的。仲银很威严地把头勾回来断喝一声，——重唱！于是，随着那只方口鞋的起落，北京的金太阳就再一次地升起来。

观众们全都怀着新奇和钦佩朝台上看，他们觉得老师的多来米实在是一种深奥的学问，是和仲银站在党中央的家门口念出来的那些文件一样深奥的学问。有的时候，大家更欣赏的不是孩子的歌声，而是老师的威严，大家很着急地等着老师伸出手来，随便哪个孩子挨了打，台下就响起一片哄笑声。孩子的父母就会在笑声里给老师加油，仲银仲银，狠打！众望所归，乡亲们都觉得仲银才是个金太阳。仲银深知这一点，所以仲银特别爱指挥学生唱歌，沐浴在崇敬羡慕的眼光中，仲银觉得很自豪，也很沉醉。

可是仲银不能满足，仲银明白站在戏台上的歌唱不能代替全身心的投入洪流。所以，当报纸上登出毛主席戴红卫兵袖章的大照片以后，仲银也学着毛主席的榜样，做了一个红卫兵袖章戴在胳膊上。自己戴了还是不满足，又给所有的学生每人做了一个红袖章，大家都戴上。乡亲们又都很惊奇，都说仲银真是有办法，都说，看看，看看，袖章有多鲜亮。可是，惊奇了一阵，夸赞了一阵，一切又都归于了往日的平静。等到冬天来临的时候，夏天做的红袖章已经裹不住肥厚的棉衣袖子，学生们纷纷把红卫兵袖章装进兜里，做了擦鼻涕的手绢。深深落空的仲银很伤心，仲银只好说，唉，全都没文化，没有共同语言。深深落空的仲银只好再回到自己的自豪和孤独当中去。仲银忽然觉得这么大的吕梁山，怎么就放不平自己的一颗心了呢。这可真是一件叫人想不通的事情。大家都不戴袖章自己也没有什么办法，可自己不能不戴。于是，仲银顽强地戴上红袖章，顽强地在村里走来走去，这样走来走去的时候，仲银分明看见许多的自豪和孤独从别人的眼睛里朝自己走过来，仲银和它们握握手，又随手把它们放在身后，渐渐地，仲银觉得自己很像一列拖了许多车皮的满载的列车。仲银就对自己说，仲银呀仲银，你真是“已是黄昏独自愁”呀。仲银再抬头看山的时候，山上的风景就有了全新的意境，仲银把自己的胸中块垒，把自己很长很长的青春摆满在莽莽的群山之上。

有一次，仲银独自一人走到山顶上，放眼四望，起伏的群山掀起胸中壮阔的诗情，仲银觉得自己很需要一些诗，于是放声朗诵道——站在山头望北京……有了这一句，一时又想不起下面的，只好再喊——站在山头啊——望北京……四野苍茫，群山无语，吕梁山一瞬间吸干了仲银的诗情。仲银低下头看看母亲亲手为自己缝制的方口布鞋，仲银用母亲做的布鞋踢了踢吕梁山的石头，仲银实在想不起下面应该说些什么，想不起说什么的仲银只好空落落地再独自一人走回到村庙里去。仲银靠在棉被上想起来毛主席的诗，“一万年太久，只争朝夕”。可是，仲银现在觉得白天很长，夜晚也很长，长得和一万年差不了多少。仲银不知道自己这么多的白天和夜晚，这么多的一万年到底怎么去打发。

后来，我问过仲银，我说，仲银，你那时候一个人孤零零的住在这个破庙里，每天都是怎么熬过来的。仲银淡淡一笑，仲银说，那时候村里人全都没文化，没一点共同语言，我一个人坐得闷了，就吹吹口琴，看看《毛主席诗词》。我拿起那本卷了边角的小册子问他，就这本？

仲银点点头，就是。然后，仲银又淡淡一笑：“三十八年过去，弹指一挥间。”

我也笑了，我知道，仲银又背了一句毛主席的诗，但不是这本小册子上的。那一刻，我忽然明白了为什么一个白天或一个晚上会等于一万年。

我看着仲银的眼睛，我说，仲银，我真佩服你。仲银没说话，仲银拿起桌子上的铜铃铛转身走到院子里摇起来。

三

仲银对我说，如果不是那些鸡蛋和白面，他早就站到天安门广场上了。

我想了想，我觉得左右人的命运的因素，有时候真是简单得不可思议。

仲银说，我那时候是一个人站在沙漠的中心。

我认真地回忆过，我自己从来没有一个人在沙漠的中心站立过哪怕一分钟，也从来没有在沙漠的中心遇到过鸡蛋白面和天安门广场这样相差万里的问题。

仲银决心找到医治自己孤独的良药，于是，仲银采取了更进一步的行动。仲银把一张停课闹革命的声明，赫然贴在了村庙的大门外。声明说，鉴于目前的革命形势，本校全体师生决定响应毛主席的伟大号召，停课参加“文化大革命”。本校教师将要参加革命大串联，到全国各地学习革命经验。复课时间，将根据革命形势的发展，另行通知。

声明一贴出去，党支部书记赵万金就来了，赵万金来的时候提着五斤鸡蛋，十斤白面。赵万金把鸡蛋和白面老练地放到桌子上，赵万金说，仲银，咱这苦地方，连狼都不愿意搭窝，你年轻轻能来给咱教书不容易。你要不教书了，孩子们还不是当一辈子睁眼瞎。这面这鸡蛋你先吃，吃完了，咱再说。仲银很激动，仲银一下子想起来母亲的那一瓦罐鸡蛋，想起来父亲、母亲、哥哥、妹妹为自己受的苦。

仲银觉得有必要解释清楚自己的目的。仲银说，赵书记，毛主席说革命不是请客吃饭，你现在这不是请客吃饭么。我怎么能为了你这五斤鸡蛋十斤白面，就不革命，就不参加“文化大革命”呢。赵万金就又老练地笑了，赵万金说，看你这话说到哪去了，一点鸡蛋白面和革命不革命的有啥关系。要说呢，现在正要打倒当权派呢，仲银，你吃了这些鸡蛋白面，也误不了你打倒。其实呢，一个农村土干部，不打倒吧，哪一天不是在泥里土里滚呢。其实呢，这些鸡蛋白面也不是我的，都是娃娃们的爹妈们东一家西一家地凑的。仲银知道，这地方平常没人吃鸡蛋白面，鸡蛋白面除了过年过节吃一点，就只有女人做月子才吃了，一个男人怎么能吃女人做月子才吃的东西。

赵万金又说，仲银，不怕，吃是吃，走是走，你要真想走，这点鸡蛋白面也拦不住你，人往高处走水往低处流么，人要走到高处了，还不是天天吃鸡蛋白面。赵万金说得不紧不慢，说得滴水不漏，说得很老练。说完就走了。

仲银还是很激动。仲银决定坚决不拿群众一针一线，并且决定亲自一家一家地去送，亲自向大家说明自己的目的。仲银当时并没有想到这五斤鸡蛋十斤白面竟然会改变自己的命运，竟然阻挡了自己走向天安门广场的道路。仲银拿着鸡蛋白面在街巷里走进走出，仲银这样走进走出的时候，满心的激动渐渐地变成了满心的矛盾和沉重，鸡蛋白面一点也没有减少，反而又得到许多惶恐的道歉和许多真心的同情。乡亲们说，咱这地方真是太苦了，真是留不住人的地方，凭良心想想，要是自己的孩子从一个恁大的学堂里毕业了，端上国家的饭碗了，也不想让他留在这种地方。仲银就反复地说，你们想错了。乡亲们就说，咳，仲银真是好心，除了你想错了能来咱这种地方，还有谁愿意想错了来呀。到最后仲银终于闭上嘴什么话也不说了。仲银刻骨铭心地感觉到无以倾诉的孤独。仲银实在想不出有什么办法可以向别人说明自己。仲银这样提着鸡蛋白面走来走去的时候，忽然觉得自己就像一个走进沙漠的乞讨者，那实在是一种彻底的一无所有。

仲银只好在心里慨然长叹，仲银说，真是没文化，真是没有共同语言呀。

仲银终于放弃了还回东西的努力，仲银站在街巷里环顾群山，仲银觉得有一把火红的烙铁吱吱作响地放在自己的影子上。

仲银带着鸡蛋白面带着满心的沉重走回村庙，仲银推开门的时候，发现了一群怯生生的学生，学生们稀脏的脸上骨碌碌地滚动着许多的担心和留恋。

学生们说，老师。

仲银说，你们没有看见门口贴的声明？

学生们说，看了。老师要走了。

仲银说，不是走，是去串联。

高卫东把胳膊举起来说，老师，我把袖章又戴上了，要是我们都把袖章戴上，天天都戴上，老师就不走了吧？

仲银苦笑起来，仲银看见了那个袖章，袖章上抹满了干了的鼻涕。

仲银把手上的鸡蛋白面晃了晃，仲银说今天不上课，今天咱们吃饺子吧。我请客。

仲银说，那是他教学生涯中最难受，也最难忘的一天。那是一日千年的一天。

仲银拿出胡萝卜和大葱，炒熟了所有的鸡蛋，拌好馅，大家一起包好饺子。然后，全校师生围着锅台，吃饺子。筷子只有一双，碗只有两个。于是大家就端着碗转圈，每人每次只吃一个，然后就把碗递给下一个人。碗在转，所有的眼睛也在转，一直转到最后一个饺子也吃下去了，大家就笑起来，笑得很开心，很满意。仲银想，真是“三军过后尽开颜”呀。仲银这样想的时候满脸都是苦笑。

看见老师在笑，学生们很高兴，学生们说，老师，咱们唱个歌吧。

仲银说，行，唱吧。

学生们说，先唱《北京有个金太阳》。

仲银说，行，先唱《北京有个金太阳》。

这一次，仲银没有用脚指挥。仲银端起一只粗瓷碗来，用筷子叮叮有声地敲打着瓷碗。大家唱了许多革命歌曲，唱了《北京有个金太阳》，唱了《三大纪律八项注意》，唱了《大海航行靠舵手》，一直唱到把那只粗瓷碗敲破了，才终于停下来。

仲银把破碗放在锅台上，仲银说，放学吧，不唱了。

学生们兴冲冲地走出村庙，走到大门口，荞麦转回身来喊，老师，明天还上课么?

仲银冲着大门摆摆手，仲银说，上课。

鸡蛋白面没有了，学生们的歌声也没有了，村庙里格外的安静，村庙里还是只剩下仲银一个人。群山冷寂，炊烟霭霭，热闹之后涌上来的还是往日永恒的平静。

仲银走到大门前，咯吱有声地把自己的声明关在村庙外边。

仲银说，那天晚上，一个人对于平静的怨恨，从那只敲破的粗瓷碗里汹涌澎湃地奔流而出，不可遏制地弥漫了整座没有了神像也没有了对联的荒颓的村庙。

四

仲银说，那时候他经常学习毛主席的《矛盾论》，满脑子转的都是偶然必然，必然偶然。可是有一天，他忽然发现还有一种“然”，比偶然必然都厉害，这种“然”到底应该叫什么然，他怎么想也想不出来，反正偶然必然加在一块也比不上这种“然”。仲银说，我到最后还是没有想出来。仲银心平气和地梳理着这些现在已经枯萎了的思想，可是，当年这些思想，在他肥沃的头脑中有如一棵蓬勃的钻天杨。

五

事后，村民们的回忆纷乱如麻，有人说第一个发现老神树显灵的是饲养员陈三，有人说是仲银，有人说谁也不是，是大伙一去就看见了。

那天清早，陈三去场院担麦秸，从场院回来经过老神树的时候，陈三忽然发现树干上贴着一张黄裱纸，纸上写了许多字。陈三已经七十岁了，陈三知道那些字都是蝌蚪文，只有跳神的神官才认得。陈三记得自己七岁那年，皇上下诏停了科举，老神树就显过一次灵。陈三慌忙跑回村去，于是，死水一潭的村子，忽然间爆发出“五洲振荡风雷激”的气势来。

男女老少全都跑到老神树底下，看见黄裱纸和蝌蚪文大家全都惊讶紧张得喘不过气来。不知哪一个扑通一声跪下了，接着，大家就全都跪下了。大家全都跪下的时候，并不知道这会是一件破坏“文化大革命”的反革命煽动案。大家跪在老神树底下还是没有什么办法，有人就说，快把仲银叫来吧，叫仲银看看都写的是啥。

跟着，仲银就来了。仲银把蝌蚪文看了一遍，又把跪在地上的人群看了一遍，仲银什么话也不说，掉头就走。人群追在身后求他，仲银仲银，快给说说吧，快给说说吧。仲银还是不说，还是走。走了一阵觉得身子后头没了声音，一回头，看见乡亲们都朝自己跪着。仲银说，好吧，我告诉你们，纸上说“文化大革命”是天下大事，叫你们全都听毛主席的话参加“文化大革命”。要是不听，老天爷就要罚人。大家又问，仲银，你说该咋办。仲银说，组织红卫兵，破“四旧”，贴大字报，游行喊口号。说完，仲银掉头又走。

老神树是村里的神树。老神树长了足有半间屋子粗，足有四五层楼高，郁郁葱葱的树冠遮盖了村口二三亩好地。谁也不知道老神树到底有多老。村民们对老神树的崇拜和尊敬是不能用语言来言说的，也不是喊口号和朗诵诗可以表达的。那年冬天的那个早上，村民们对仲银给蝌蚪文做的解释将信将疑。就在这个时候，党支部书记赵万金闻讯赶到了。赵万金对惶恐不安的人群非常生气，赵万金说，解放都这么多年了你们还要搞迷信，“文化大革命”就是要破“四旧”，你们还是要搞封建，你们这是不把新社会放在眼里，你们这是想造反，我是有史以来的第一名共产党员，我不能让你们这么胡闹……

赵万金的话还没有说完，就出事了。后来大家一致向公安局反映，要不是出了这件事也就不会有什么反革命煽动了。赵万金说，你们这是想造反，你们……接着，就出事了。大家眼睁睁地看见党支部书记的嘴歪了，接着，就不会说话了。大家忙喊，万金、万金、万金。可赵万金就是不会说话了。村民们还没有谁曾经在一个早上同时看见这么多奇怪的事情。有人喊，这不是仲银说的那话么，这不是应验了么。于是，所有的人全都无比崇敬无比恐惧地朝着老神树转过脸去，所有的膝盖全都不由自主地朝着黄土跪下去。

后来，县公安局的人就进了村。

公安局的侦察员老张先把手枪从腰里摸出来，老张重重地把枪往炕桌上一放，然后，老张看看脸色苍白的陈三，老张说，陈三，你老实交代，你到底什么时候发现那张黄裱纸的，快说。

陈三很慌乱，陈三说，我都是快七十岁的人了，我不能胡说，我咋能发现呢，我就没有做下那发现的事情，我就是去场院担麦秸，回来就看见那张黄裱纸，纸上全是疙疙岔岔的蝌蚪文。

老张说，还没让你交代这呢，你说，到底是什么时候。

陈三说，这还用问，这还用交代，天天都是早上担麦秸么。

老张很气愤，老张说，早这么说不就完了，你给我老老实实地交代，不许耍滑头。你们这些老百姓，一点文化也没有，就是会搞迷信。

陈三说，是哩，就是没文化。我七岁那年皇上下诏停了科举，我爸就说念书没用了，连秀才都不念书了你更不用念了，乖乖地种地吧。

老张更气愤了，老张说，行了，行了，你说的这都和案子没关联，你别和我兜圈子。你说说那张黄裱纸到哪去了。

陈三说，没到哪去，大伙立马拿来香点上，又供献了，磕了头，求了几句神灵保佑，天下太平，就把纸烧了。

老张说，你们这是销毁证据！

陈三慌忙解释，老张你不用生气么，大伙又不知道你要来，要是知道，还敢不给你留着么。老百姓是啥，老百姓就是得听公家的么，连人都归公家，要那么张纸做啥。我七岁那年，老神树显灵，树上的那张黄裱纸也是这么烧的。

老张说，你给我交代交代目的吧，就是你们到底想干啥？

陈三说，没啥目的，老百姓能干啥，老百姓的事情就是种地养娃娃，就是想图个天下太平么，天下太平，老百姓就能种地养娃娃么。

老张说，你咋这么啰唆。你再交代一下，是谁最先说的老杨树显灵。

陈三毫不犹豫地抬出党支部书记来，陈三说，这事全都怪万金，万金的嘴要是不歪，谁能相信老神树会显灵？哎呀，你说怪不怪，偏偏就那会儿万金歪了嘴。我七岁那年停了科举，也没闹得这么邪乎。

老张是公安局里最干练的侦察员，可是最干练的侦察员到底碰上了最棘手的案子，连证据都烧了，你还查什么？但是老张并不气馁，老张决心干到底，老张说："金猴奋起千钧棒，玉宇澄清万里埃。我就是要把这些牛鬼蛇神全都揪出来。"

可惜，老张的豪情壮志到底没能实现。没等案子继续侦察下去，老张的公安局出了问题。县城的革命造反派宣布，公安局是代表刘、邓修正主义路线的反动工具，必须砸烂、取消。老张接到一纸立即返回县城的勒令。临走那天，老张在村口的老神树底下迎面碰上了仲银。两个人心照不宣地相互看了一眼。

老张说，仲银，案子的线索我全都掌握了。

仲银说，可是你得走了。

老张说，我早晚要把这个案子办了。

仲银说，老张，其实你并不理解人民群众需要什么。

老张说，我只需要几个人的口供，就可以证明那张黄裱纸上的字是谁写的。

仲银就笑了，仲银说，你真是什么也不理解。我和你没有共同语言。

老张朝仲银看看，老张发现仲银根本就没有看自己，仲银远大冷竣的眼光，从自己的头顶上高高地越过去，仲银的眼睛正在横扫吕梁的千山万壑。

这么一来，村子里顿时形成了权力真空。党支部书记不会说话了，公安局来办案的老张也走了，老神树显灵的事情谁也不敢再提了，好像一个旋转的旋风，突然不动了，所有的砂子、石头、枯枝、败叶一下子都从天上掉下来，一动不动地躺在地上。整个村子就这样失魂落魄地闷了几天。终于，在一天的早上，仲银摇响铜铃铛把学生们集中到教室里以后，又把学生们放回村里去，孩子们把自己的父母全都带到学校来。仲银走到戏台的中央，仲银深知历史给予自己的机会和使命，仲银举起手来庄严地宣布，从今天起，咱们的红卫兵组织就算是恢复了，咱们要响应伟大领袖毛主席的号召，积极参加“文化大革命”，“破四旧，立四新”，横扫一切牛鬼蛇神，写大字报，学习毛主席著作，批判刘、邓、陶。尽管台下是一片紧绷绷的沉默，但是，仲银还是体会到了深透骨髓的幸福和快乐。这些幸福和快乐好像一片白云，把他高高地从人群的头顶带上蓝天。最后，仲银又补充说，以后咱们还要大唱革命歌曲。咱们现在就唱一个吧。仲银把穿着方口鞋的左脚朝前跨出半步，粗壮的脖子里憋出一串音符来，索拉多拉拉索拉拉索米，北京有个金太阳，——唱!

没有人唱。

台下的乡亲们全都紧绷绷地看着仲银，突然，会场上爆发出震天动地的笑声。笑声中有人喊，行啊仲银，全听你的，啥时候想唱了，你就吆喝人吧。

雷动的喊笑声中仲银突然冷静下来，突然感到从没有过的难堪，仲银拧起眉毛，仲银指着台下晃动的人群说，全都是榆木脑袋，全都是没文化，我和你们没有共同语言。这么说着仲银就哭了。乡亲们一下慌了神，仲银仲银你看你，哭啥呀，老百姓可不都是榆木脑袋么，可不都是没文化么，连万金都叫老天爷罚了，谁还敢再不听话呀，都跟上你闹“文化革命”不就对了。仲银说，不是跟上我，是跟上毛主席。对、对、对，跟上毛主席，反正是跟上就对了么，快不用哭了。

后来，仲银对自己流眼泪的行为一直追悔莫及。那两行眼泪许多年都留在记忆里，浸泡着仲银的自豪和孤独。虽然毛主席写过“泪飞顿作倾盆雨”，可自己的那场雨下得实在不是时候，那时候自己完全应该是“唤起工农千百万”，然后再“宜将剩勇追穷寇”。而绝对不应该是哭。

又过了一些时候，村子里又恢复了往日的平静。这平静慢慢煎熬着仲银的自豪和孤独。

有一天的晚上，仲银独自一人找到陈三，仲银说，陈三爷，我知道那张黄裱纸是谁贴到树上的。陈三不答话。然后，陈三说，我啥也不知道。仲银扫兴地从陈三家里走出来，走出来的时候看见天上一轮皓月，如水的月光投下自己瘦长的影子，瘦长的影子在银白的路面上浮动，像是一条黑色的大鱼，神秘地飘荡在夜晚冰冷的水面上。仲银抬起头看看月亮，低下头看看影子。然后，仲银从冰冷的水面沉进无底的黑暗中。

仲银在黑暗中看看荒颓神秘的村庙，仲银想，那里面就住了我一个人。

然后，仲银又想，我也许该做那件事情了。

六

我后来一直想，到底我和刘平平是加快了那件事情呢，还是延缓了那件事情呢。但是不管加快还是延缓，我这一辈子也忘不了仲银出村时的情形。

公社刘主任把我和刘平平领进村庙，刘主任说，这就是学校，这就是仲银，以后学校的教育革命就靠你们三个人搞啦。仲银没抬头，仲银说，这地方什么也搞不成，全是榆木脑袋。刘平平瞪大了眼睛，你这人，对待贫下中农什么态度。仲银说，我们家三代贫农。

一句话呛得刘平平的眼睛更大了，你这人，简直没法理解。后来，仲银戴着手铐走出村的时候，刘平平的眼睛也是这么大，说的也是这句话。刘主任说，行了，行了，“军民团结如一人，试看天下谁能敌”。仲银，你得和毛主席身边来的红卫兵搞好团结，这可是个原则问题。仲银忽然抬起头来，眼睛对着眼睛地看着我问，你们真的在这待一辈子？

刘平平抢着说，不是一辈子，是世世代代扎根山区干革命。

仲银转过脸去看看刘平平，仲银念了一句毛主席的诗，仲银说，“蚂蚁缘槐夸大国”。

事后，刘平平对我说，这家伙是个怪物。仲银对我说，那女人能得要长出尿来。

刘主任把我和刘平平领进村庙的时候，仲银那张龙飞凤舞的粉连纸还在办公室的墙上贴着。我和刘平平当时都没有也都不可能想到，这张粉连纸深远的意义。刘平平说，这是谁的呀，字儿写得不怎么样，味儿挺酸的。我说，毛主席的《咏梅》前面有一句话，“反其意而用之”，实际上是对陆游的一种批判。说完，我们相视一笑。看见我们笑，仲银就涨红了脸，仲银说，我写这句诗，只代表我自己的意思，不是毛主席的意思，也不是陆游的意思。如果你们不喜欢我可以把它摘下来。刘平平说，我帮你摘吧。仲银断然拒绝了，仲银说，这件事情和你们无关，这是我自己的事情。仲银当着我们的面把那张龙飞凤舞的粉连纸摘下来，又当着我们的面把它撕碎。仲银嚓嚓作响地把那张龙飞凤舞的粉连纸撕得大雪纷飞。

仲银后来非常坦诚地告诉我，当时有两件东西最刺伤他的自尊心：一件是我和刘平平的那种亲密；一件是他母亲给他亲手缝做的方口布鞋。

其实，我和刘平平的亲密是再自然不过的事情，就像我们后来的分手一样自然。我和刘平平原来是同一个学校的，现在又同在一起插队。一个男的，一个女的，再加一座荒颓孤独的村庙，当然就会有些故事，当然就会有些不同一般的亲密。我和刘平平是在一次谈话中，漫不经心地提起仲银的方口鞋的。

那时候，我常常和刘平平一起走出村庙，沿着庙旁的那条小河信步而去。有时走得很远，有时走得很近。这种时候刘平平最爱唱《远飞的大雁》，“远飞的大雁，请你快快飞，捎封信儿到北京，翻身的人儿，想念亲人毛主席”。唱完了刘平平就说，我真想我妈。我就说，现在才知道北京有多远。这样说着，这样唱着，就把许多城里人的眼光撒在荒远的山坡上，就慢慢地看懂了夕阳西下，看懂了新月东升。后来，我到北京的一座四合院里去看望刘平平。那时候她已经结婚了，孩子上初中，丈夫是个出租汽车司机。一架茂盛的葡萄在院子里搭出一个硕果累累的秋天。隔着窗户我听见刘平平在唱歌，唱的还是《远飞的大雁》，只是节奏有点快。隔着窗户我看见，原来她在摆弄一台洗衣机，她的大雁现在是跟着洗衣机在飞了。

当我们或近或远地从河边走回村庙的时候，常常不是看见仲银窗口上的灯光，就是听见仲银一个人嗡嗡嘤嘤的口琴声。仲银好像在有意地躲避什么。我对刘平平说，咱们应当和仲银搞好团结。如果不是那次讲起了鸡蛋白面的故事，也许真的可以像刘主任说的那样和仲银搞好团结。那一次，我把仲银告诉我的鸡蛋白面的故事讲给刘平平听。听完故事，刘平平笑得直流眼泪。刘平平一边笑一边说，因为五斤鸡蛋十斤白面就去不了北京啦？还别说，他要真去了，连天安门广场也放不下他那双方口鞋……正笑着，我觉得门外好像有人。走出去正好看见仲银。

我说，仲银进来吧。

仲银说，我不进，我穿的是方口鞋。

我忽然很不好意思，我说，仲银，咱们三个还是搞好团结吧。

仲银说，团结？咋团，咋结？你们这些大城市来的少爷小姐哪理解人民群众需要什么。我真后悔我在山上做了那句诗。

我说，哪句？

仲银极其轻蔑地对自己冷笑起来，仲银说，说了你也不理解。

仲银说完话掉头就走。第二天上课的时候，我发现仲银不但是穿的方口鞋，而且专门脱了袜子光着脚板。乌黑的鞋帮上突兀着一片白白的冷冷的皮肤，我不由就想起那张龙飞凤舞的粉连纸，想起那一地纷飞的大雪。

后来，我问过仲银。我说，仲银，你当时为什么那么反感我们。仲银宽和地笑笑，仲银说，我当时实在没有想到，天安门广场会突然走到我眼前。

我们知识青年的出现，确实使仲银显得无足轻重了。仲银再也不是方圆几十里之内唯一的文化人，再也不是村民们崇拜的唯一中心了。仲银忽然再也找不到自己的自豪和孤独，没有了自豪和孤独的仲银深深觉得，每一个白天和夜晚都是对自己的侮辱。仲银就想，老张怎么就不来呢？仲银终于明白了老张的存在对于自己难以估量的价值，和老张的那场游戏，是让旋风重新旋转起来的唯一的力量。

后来，就出了那封轰动一时的匿名信。信是用一把尺子比着，一笔一划地写出来的，每一笔都是笔直的，根本无法验证笔迹。信是直接寄给县革命委员会的，信上说，关于老神树显灵的反革命煽动案查与不查的问题，是一个革命和反革命的试金石。把伟大领袖毛主席的绝对权威，和老神树显灵这样的迷信活动联系在一起，纯粹是阶级敌人对毛主席的侮辱，贫下中农坚决不答应。这封信从县里转到公社，从公社转到大队，然后，老张就回来了。县革命委员会责令老张立即恢复追查，并且一定要查个水落石出。老张回来的时候没有直接进村，而是直接进了村庙，仲银看见老张就笑了。

仲银说，我就知道你得回来。

老张说，我知道那封匿名信是谁写的。

仲银笑笑，笑得很奇怪。仲银说，老张，你还是什么也不理解，你什么时候才能理解人民群众到底需要什么？

老张说，仲银，这一次我就是要按照县革委的指示，发动群众，依靠群众，彻底查清。

仲银再一次冷笑起来，老张没有抬头看他，老张知道仲银的眼睛这会儿正从自己的头顶上越过去，仲银正在横扫吕梁山。

老张不理仲银的眼睛，老张说，不管是谁干的，这一次查出来他就得跟我回去蹲狱。老张说这句话的时候正好能用得上冷酷无情，或是无动于衷这样的形容词。

我和刘平平忍不住在一旁插了几句话。刘平平说，我觉得这件事情还得分析分析，不管怎么说，事情的结果是导致了群众积极参加“文化大革命”，并没有把矛头指向毛主席。最多也就是个人民内部矛盾问题，是个教育群众的问题。刘平平这样说的时候，仲银并没有转过头来，我只看见仲银的耳朵忽然涨红了。于是，我赶紧发表意见，我说，仲银当时虽然对蝌蚪文做了解释，但是根据群众的反映，仲银说的话全都符合党中央的精神，并没有什么政治性的错误。

老张还是无动于衷，老张撩起自己的绿警服，露出腰带上的手枪和手铐，老张拍拍它们，老张说，我不管，这次查出来，那人就得跟我回去蹲监狱。

正当我们这样说来说去的时候，仲银突然转身而去。仲银回到自己的房间里靠在棉被上吹起口琴来，仲银吹的是《北京有个金太阳》。嗡嗡嘤嘤的琴声很怪异很高昂地在村庙里荡来荡去。

刘平平说，这家伙第一小节从来就没有唱准过。

那是我们插队的第一个冬天，那是一个奇冷无比的冬天，奇冷无比的冰天雪地中只有这么一个必须查清的案件，和仲银怪异高昂的口琴声。渐渐地，追查工作归结到案件的中心里只剩下最后的两个人，仲银和陈三。村民们都在叽叽喳喳地推测，不知道到底要抓谁呀，不知道还能不能在家过上年了。老张每天挂着手枪和手铐，在大家的推测中无动于衷坚定不移地走来走去。老张说，总得有一个跟上我回去蹲监狱。

仲银想了半个冬天，终于想好了。仲银想好的那天早上，老张正在陈三家里吃派饭，仲银走进去的时候老张嘴里正塞满了窝窝头。

仲银说，老张，不用查了，是我。看看老张的窝窝头还没咽完，仲银又说，我要不自首，你今年冬天就别想回家过年了。

老张又咬了一大口窝窝头，老张说，你先坐下，等我吃了这个窝窝。

老张吃完窝窝头，又喝了一大碗米汤，然后，老张抹抹脸上的汗水，取下腰带上的手铐要给仲银戴上。老张说，我早就知道是你，走吧，跟我回去蹲监狱吧。

仲银说，你等我上完最后一堂课。

老张说，行，我和你一块儿去学校。我等你一堂课。

老张和仲银这样说话的时候，都没有注意到陈三放下了饭碗，只吃了一半饭的陈三张着嘴，愣愣地看着仲银，嘴里的窝窝金灿灿的很黄，很亮，很鲜艳。仲银出屋的时候转过身来看看陈三很黄很亮的嘴，仲银说，陈三爷，你好好在家放心过年吧。

然后，仲银对老张说，我得和村里的乡亲们告告别。

老张说，不行，这不符合政策，你不能得了锅台又上炕，你给我老老实实地走吧。

这时候七十多岁的陈三忽然敏捷无比地从炕沿上蹿下来，陈三跑到街巷里喊起来，仲银叫抓走啦，仲银叫抓走啦，仲银叫抓走啦。七十多岁的陈三把满嘴的金黄，灿烂地喷到那一年冬天的冰天雪地之中。

村里人都以为陈三老汉是疯了，都从家里跑出来看疯子。跑出来了才看见老张手上拿着银晃晃的手铐，才知道是仲银自首了。银晃晃的手铐把大家的眼睛弄得很疼，村民们就都叫起来，老张，老张，你可不要乱抓人呀。老张，老张，你别是弄错了吧。仲银，仲银，你快跟老张说句好话吧。老张坚定不移无动于衷地往前走着，一面走，一面把那只阴森森的手枪提在手里，老张把手枪举到那年那个奇冷无比的冬天里以显示自己的威严和权力。仲银上完自己的最后一课，在学生们紧张恐惧的注视下走出校门的时候，看见了聚集在庙门外边的村民们。老张感到了形势的恶劣和严重。老张立即把手铐给仲银戴上。老张再一次把手枪举起来。

老张说，你们这些老百姓都给我听着，都给我老老实实地站着别动，谁要敢动一动，我就开枪！现在可是考验你们的时候，谁是什么阶级立场，一眼就能看出来。铐子我是没有了，绳子有的是！

就在老张坚定不移无动于衷地发表讲话的时候，仲银无比自豪地转过身来，在那个奇冷无比的冬天，仲银平生第一次感觉到了自己的感召力，平生第一次真正体验到了领导人民群众的幸福和快乐，这一次自己绝对不会再流眼泪了，这一次自己获得的是真正的胜利。仲银看到世世代代麻木冷漠的群山，终于被自己的力量驱赶着蠕动起来。看着自己眼前这惶恐不安六神无主的人群，仲银想起一句毛主席的诗来，“雄关漫道真如铁，而今迈步从头越”。跟着，又想起一句歌词，“戴镣长街行，告别众乡亲”。仲银想，我现在就是要告别众乡亲。这样想着，仲银把自己自豪远大的目光，从苍凉荒远白雪皑皑的群山上收回来。

仲银说，乡亲们，我还会回来的！

老张不耐烦地摆摆手枪，老张说，快给我走吧，等刑满了当然放你，这是政策。

我和刘平平当时也站在人群里，我分明地感觉到仲银骄傲轻蔑的眼光，在冰天雪地之中火辣辣地从我们身上居高临下地扫过。

我说，刘平平，我怎么觉得这件事情总有点奇怪呀。

刘平平很激动，刘平平说，我这辈子还没有见过这种场面，我怎么觉得他这会儿变得像个革命烈士，整个一个慷慨激昂，这个人太奇怪了，简直不可理解。

我们这样说话的时候，老张已经押着仲银走到了村口，走到了老神树的下面。一条白晃晃的冻土大道上，走着自豪孤独的仲银，我忽然就想起来村庙里嗡嗡嘤嘤的口琴声，我觉得自己的鼻子有点酸，我忍不住对着远去的背影大声喊，仲银，你放心，我给你送行李去。

仲银听见了，可仲银没回头。

村民们久久地聚集在一起，叽叽喳喳地诉说着自己的惶恐和不安，诉说着这个奇冷无比不可理解的冬天。就在这时候，陈三突然坐在硬邦邦的土地上号啕大哭起来。陈三用苍老的双手拍打着冰冻的土地，陈三说，仲银仲银仲银……仲银呀，你咋这么糊涂呀。跟着荷花突然以不可思议撕心裂肺的声音哭了起来。可是在那个巨大事件的冲击面前，五人坪的村民们全都忽略了一个姑娘的哭声。那是一个在革命的疾风暴雨中必然要被淹没要被忽略不计的声音。

就在那年冬天，七十多岁的陈三爷真的疯了。

七

那年的冬天，仲银成了方圆几十里之内人们议论的中心。其实，从那以后的许多年里，仲银都是村民们感叹、猜测、回忆、崇拜的中心。就像那座没有了神像没有了对联的村庙，空出来的庙宇，反而容易放下更多的想象。

仲银在下决心自首之前，曾经考虑了整整半个冬天，仲银把一切都想好了，就是没有想到被抓进监狱之后，再也没人搭理自己了。

我给仲银送过行李，又送了几次衣服，每次仲银都催我，仲银说，你给问问，他们到底什么时候给我定案，到底什么时候开我的公审大会呀。

那时候，宣判犯人都讲究开个公审大会，每次公审大会都是全县轰动的大事。人山人海，万头攒动，人们的眼睛全都盯着台子上的犯人。然后，用红笔打了叉的布告，就会贴遍每一个山庄窝铺。我觉得我有点猜透了仲银的心思，猜透了以后就有点害怕。我就说，仲银，你放心，我给你催催他们。然后，我就去找老张。

我说，老张，仲银的案子怎么样了？

老张说，我比你更急。现在县革委会里两派打仗，几上几下换了好几拨人啦，没人理我这个案子。

我说，老张，当初我们就说过，让你好好想想，你非得抓人不可。

老张说，说得好听。听你的？我得服从上级，我得按政策办事。

我说，老张，有件事情我想求你，不管符合不符合政策，你都得答应我。

老张说，说吧。

我从兜里把仲银的口琴拿出来，我说，求你把这个交给仲银。仲银平常只有这么一点爱好。

老张无动于衷坚定不移地把手一挥，不行，这不符合政策。

我说，老张，我这辈子也忘不了你。

可是除了忘不了，再没有第二个办法。我只有拿着口琴干干地站在县监狱高高的灰墙外边，然后，我想，要不然就在这吹个歌吧，也许仲银能听见。又想了想，就吹《北京有个金太阳》吧，仲银最爱唱。于是，我憋足了力气把《北京有个金太阳》吹得山摇地动慷慨激昂。后来，我问过仲银。我说，仲银，那一次你听见了没有。仲银说，听什么，墙那么高，我什么也没听见。

仲银曾经和我非常认真非常抽象地讨论过时间的问题。仲银说，时间只有在你经历它的时候，它才存在。在经历的前一秒和经历的后一秒，都不存在时间。而且，所有经历过的时间，不管它是一秒、一天、一年，还是一千年，全都是一样长的。仲银说，所以，我在监狱里蹲了八年，两千九百二十天，这和秦始皇公元前221年统一中国至今的时间一样长。仲银说这些认真抽象的问题，语气平平淡淡的，眼神也平平淡淡的。我有些不大习惯仲银这种平淡无奇的样子，就很仔细地看着他。

我说，时间消失了，有些东西也就永远消失了。

仲银淡淡一笑，仲银说，那当然。

仲银这样说的时候，眼睛看着面前的一只茶杯，茶杯里白色的水气正一缕一缕地婉转着飘起来，又一缕一缕地转瞬消失在冬天的冷气中。

仲银说，他在监狱里老做一个梦，总是梦见毛主席和周总理接见自己：毛主席说，你来坐下，你是人民教师，你对人民是有功劳的。周总理就说，仲银同志，主席叫你坐下，你快坐嘛。仲银说，可是自己总是找不着椅子，一找不着，就急，一急，就醒了。

谁也没想到仲银在监狱里一关就是八年。

我从来没有问过仲银这八年他是怎么过来的。仲银自己也从来不提。

如果不是陈三临终前说了实话，仲银可能还要在监狱里继续关下去。陈三临终前让家里人把党支部书记赵万金叫到炕头前。陈三说，万金呀，我有句话不能带进棺材里去。党支部书记说，有啥话你就说吧。陈三说，万金呀，老神树上的那张黄裱纸，是我贴的。

赵万金就跳起来，陈三爷，监狱里都关了一个啦，你是不想进坟地想进监狱呀。

陈三说，万金，监狱我不怕，坟地我也不怕，我是怕做下亏心事小鬼给我割舌头，拉我下油锅。黄裱纸真的是我贴的。那天早上，我去场院担麦秸，就把纸给贴上啦。

赵万金说，好好的，你为啥要贴它呀。

陈三说，我七岁那年皇上下诏停了科举，老神树就显过一回灵。那时候，我是看着天下要闹乱子了。你想想，毛主席他要打倒刘主席。这天无二日，朝无二主。连我那马号里一个槽上还拴不住两头驴呢。我是看着要天下大乱了，我实在是害怕，天下一乱，咋种地，咋过日子呀，我就是想求求神灵保佑天下太平。可我没想到仲银他认了案子。原先，我也想认，可看见老张的那枪、那铐子，看见老张的那张黑脸，我就怕了。

赵万金说，陈三爷呀陈三爷，你可真是我的那活爷爷。你这叫干了件啥事情呀？

陈三老泪纵横，陈三说，我活了快八十了，我没做过别的亏心事，我就是对不起人家仲银。那时候你们都说我是疯了，我哪是疯呀，我是难受。

陈三爷说了这些惊天动地的话以后，就心平气和地死了。陈三爷死了以后公社刘主任来找我。刘主任说，县公安局来了通知要放人，你现在是学校负责人，你去把仲银接回来吧。我说，他们到现在也没给仲银定案，也没开公审大会，就这么白白关了八年，算是怎么回事？我不去。

刘主任说，你们这些教书匠，非得枪毙了才算回事？去吧，去吧。你不去仲银还得白白地在那关着。

和村里要了一辆马车，我就去了。

从监狱里出来以后，我带着仲银进了县城的工农饭店，我要了一瓶白酒，要了好几碗的肉菜。我问仲银想要什么菜。

仲银说，我现在特别想吃炒鸡蛋。

我就又专门给他要了炒鸡蛋。我就又想起他说的鸡蛋白面的故事。等菜上齐了我端起酒杯来，我说，仲银，陈三爷说那张黄裱纸是他贴的，根本就没有你的事。

仲银伸出筷子来说，咱们先吃饭吧。

吃完饭，我把老张交给我的那张释放证拿出来，我说，仲银，这是老张给的释放证，上边没写你有罪，也没写你没罪。就写了入狱时间和释放时间。

仲银说，你现在是领导，你拿着吧。陈三爷死了，也不知道我爸我妈还活着么，我现在就想回家看看。

我说，行，你先回家吧，反正这个学期也没有安排你的课，等过了寒假再说吧。

要分手的时候，我忽然想起一件事来，赶紧打开书包拿出仲银的口琴递过去，我说，仲银，你看看，我差点忘了。

仲银接过口琴，仲银说，这么多年不吹，大概都忘了。仲银犹犹豫豫地把口琴放到嘴上，犹犹豫豫地吹了几句，仲银吹的是《北京有个金太阳》。那时候正流行气声唱法，大家唱的都是“妹妹找哥泪花流”，已经没人唱《北京有个金太阳》了。工农饭店里的人，都很惊奇地看着仲银吹口琴，看得仲银很不好意思。仲银放下口琴，仲银说，真的都忘了。那时候，刘平平总说我第一小节从来就没有唱准过，现在更不准了。

我赶紧说，谁说的不准，挺准的，挺好听的。

可仲银还是把口琴收了起来，仲银说，咱们走吧。

我们就走了。回到五人坪的第二天仲银就回家了。

后来，仲银又回来当老师。那时候刘平平早就离开村子好几年了，早就回了北京。仲银回来，学校里又成了两个人。有一次，我们带领学生们上山去采树子，无意中走到陈三爷的坟跟前。我说，仲银，这是陈三爷的坟。仲银看看坟，然后，仲银说，陈三爷为什么非要把那件事情说出来呢?

仲银说这话的时候平平淡淡的。我在后边看着仲银的背影，我发现仲银的头发已经开始灰白了。

没过多久，我也考上了大学。临分手的时候，仲银一直送我走了三十里山路。仲银说，从你们来的第一天，我就知道你们早晚都得走。刘平平还说世世代代呢。我们才是世世代代。

这么说着，仲银抬起头来，平平淡淡的眼光平平淡淡地打量着苍茫的群山。

我说，仲银，等将来毕业了，我回来看你。

仲银笑笑，仲银说，看也行，不看也行。

走到临时停车点，汽车还没有来，一条灰白色的道路意味深长地在群山之中蜿蜒盘旋而来，又蜿蜒盘旋而去，把思绪和回忆都拉得很长很长。

仲银说，汽车没来。

我说，没来。

仲银说，晚点了。

我说，对，是晚点了。

仲银说，别着急，肯定来。

我盯着公路，我说，不急，不急。

仲银知道我急，仲银就笑了。仲银故意找了个别的话题，仲银说，以前有个想法不敢说，现在可以说说了。毛主席的诗说，“乌蒙磅礴走泥丸”，我觉得不确切，既然是磅礴，怎么又成了泥丸了呢？你现在看看咱们眼前的山，像不像泥丸，像吗？要我说，山就是山，山什么也不是。

这时候汽车来了。山里人都是等车等怕了的，全都着着急急地往上挤。好不容易挤上去，车立刻就开了，连和仲银挥挥手的机会都没有。满眼苍莽荒凉的群山，沿着那条蜿蜒盘旋的公路，扑面而来，又匆匆而去。

仲银说得对，那些山根本就不像泥丸。山就是山。

1996年5月5日下午

于“文革”发生三十周年之际写于太原